KB153056

한국 희곡 명작선 117

임신한 남자들

한국 희곡 명작선 117

임신한 남자들

유현규

평민사

유현규

임신한 남자들

등장인물

광태(40대 초반. 실직자)
병준(20대 후반. 구직자)
종배(50대 초반. 퇴직자)
할멈(60대 후반. 매점주인)
역무원(30대 중반)
아가씨(20대 중반)
종배 아내(50대 초반
종배 딸(20대 중반)
젊은 남자
역장(목소리)
사채업자(목소리)
광태 딸(10살. 목소리)
구급대원들
승객들

무대

이 극의 중심무대는 기차역 매점과 승강장이다. 무대 우측에는 매점
은 간단히 먹고 마실 것과 신문이나 잡지 등이 구비되어 있다. 주인
할멈은 이곳을 십년 넘게 운영해왔으며, 꼼꼼하고 정갈한 성격을 보
여주듯 물건들을 반듯하게 정리해놓았다.

무대 중앙에 위치한 긴 의자는 오랜 기간 사용한 흔적이 있다. 배우
들의 주된 동선이 이루어지는 곳이므로 위치선정에 신중을 기해주
길 바란다. 무대 좌측에는 역내로 드나드는 계단이 있어 상황에 따라
배우들의 등퇴장이 이루어진다. 그리고 무대 뒤편 승강장 바닥에 노
란색 안전선이 그어져있고 그 뒤로 열차가 들락거린다. 안전선은 위
험을 알리기도 하지만 임신한 남자들이 이 선을 넘어 목숨을 버리는
죽음의 선이기도 하다.

프롤로그

이 극의 무대는 기차역이다. 이곳은 평소 '자살을 꿈꾸는 남자들' 때
문에 골머릴 앓고 있다. 세상살이에 지친 그들의 특징은 배가 임산부
만큼이나 튀어나왔으며 뱃속엔 온갖 고통의 거품으로 가득한데, 이
는 자살하기 전에 보여지는 징후이다. 그들은 별칭 '임신한 남자들'
로 불리며 매점 할멈의 각별한 챙김을 받고 있다.

1장

터덩터덩— 어둠 속에서 열차의 바퀴소리가 리드미컬하게 들려온다. 그 소리에 맞춰 음악이 깔리면서 조명이 들어오면, 한 젊은 남자가 툭 불거진 배를 내밀며 춤추고 있다. 내뻗는 팔과 다리, 힘겹게 뛰어올랐다가 바닥에 떨어질 때면 여지없이 배가 밉살스럽게 출렁인다. 뻣뻣한 사지를 억지로 잡아 늘리는 엉터리 같은 춤이지만 표정은 진지하다. 단지 마지막 불꽃처럼 열정적으로 춤을 출 뿐이다.

남자가 그러는 사이 무대 뒤 승강장에 노란색 안전선과 철로가 쭉 생겨난다. 남자, 한동안 열정적으로 춤추다가 문득 멈춰 서서 가쁜 숨을 몰아쉰다. 시선이 허공으로 향한다. 손을 내뻗어 무언가를 잡으려하지만 아무것도 잡히지 않는다. 손을 거둔다. 아무런 미련이 없다.

침묵.

빠앙 빠아앙! 달려오는 열차의 경적이 긴박하게 들려오면서 헤드라이트 불빛이 금방이라도 남자를 덮칠 듯 온몸을 휘감아 돈다. 이윽고 강렬한 불빛이 몸을 거세게 때리자 열차에 뛰어든다. 끼이익! 열차의 급제동하는 파열음과 함께 조명과 음악이 어지럽다.

사이.

붉게 물든 무대 위로 구급대원들이 뛰어와 철로 위에 널브러진 남
자를 들것에 싣고 나간다. 다소간의 정적이 흐르자 운행재개를 알
리듯 조명이 초록색으로 바뀌면서 안내방송이 나온다.

역장   알립니다. 조금 전에 사고수습이 끝나 열차운행이 재개됨
을 알려 드립니다. 역내에 계신 승객께서는 신속히 열차
에 탑승해주시기 바랍니다. 아울러 저희 고속철도는 언제
나 승객여러분의 입장에 서서 빠르고 편리한 운행을 약속
드립니다. 열차 곧 출발합니다.

열차 출발하는 소리와 함께 조명이 꺼진다.

2장

할멈은 매점 안에서 졸고 있다. 역무원이 무전기를 들고 씩씩대며 들어온다.

역무원   으아 돌겠네! 진짜 미쳐버리겠어! 쌔고 쌘 게 기차역인데 왜 하필 여기야! 왜 내가 근무할 때마다 지랄들이야! 으이구! (승강장으로 가서 철로를 쓱 훑어본다) 살점 하나 안 남기고 깨끗하게 처리했군. (매점으로 가 졸고 있는 할멈을 보며) 이 난리 통에도 잠이 오나 보네. (매점에 얼굴 들이밀고) 할멈!

할멈   어머나 세상에!

역무원   헤헤… 어머나 세상에? 보통은 에구머니나! 아이고 아버지! 뭐 이러지 않나?

할멈   이 사람이! 늙은일 가지고 놀아! 내가 뭐라던 자네가 뭔 상관이야.

역무원   아니, 좀 전에 그 난릴 보고도 잠이 쏟아져?

할멈   내 나이 돼봐. 의자에 앉기만 하면 병든 닭이 따로 없어.

역무원   그렇다고 졸릴 때마다 자면, 물건은 언제 팔아. 눈에 불을 켜고 팔아도 시원찮을 판에. 언제까지 이 지옥 같은 데서 장사할 거야?

할멈   너한텐 지옥일지 몰라도 나한텐 천국이다.

역무원   우와! 대박! 어떻게 그런 생각을 할 수가 있지? 할멈은 기차소리가 지겹지도 않아?

할멈   가는 귀먹었다.

역무원   어쩐지. 그럼 그 비법 좀 알려줘.

할멈   늙어 귀먹은 것도 서러운데. 뭐? 비법? (볼펜 집어 들고) 이리 얼굴 디밀어. 귓구멍을 확 쑤셔줄게!

역무원   왜 그래? 정말 할멈이 부러워서 그래. 난 요즘 사는 게 지옥이야.

할멈   철밥통이라 행복하다며 노랠 부른 건 누구냐? 짤릴 일도 없고, 따박따박 월급에, 보너스에, 너무 좋아서 미쳤냐?

역무원   맞아. 미쳤어. (뒤돌아선다) 얼마나 미쳤으면 철밥통 철도공무원이 사는 게 지옥이라 할까.

할멈   예끼! 취직 못해 죽을 둥 살 둥 하는 사람들이 들으면 칼 들고 뛰어와.

역무원   뛰어 오라지! 답답한 가슴을 칼로 시원하게 뻥 뚫어버리게.

할멈   그만 징징거려! 새삼스럽게.

역무원   한 달 동안에 벌써 두 번째야! 작년에 비해 무려 세 배나 늘었어! 아니 멀쩡하게 앉아 있다가 갑자기 열차에 뛰어드는 걸 내가 무슨 수로 막아!

할멈   (매점 밖으로 나온다)

역무원   이러니까 기관사들이 우리 역에 들어올 때마다 온몸의 털이 바짝바짝 선다며 아우성이지.

할멈   넌 하도 봐서 이력이 났지?

역무원 이럭날 게 따로 있지! 여기가 사방에 시체들이 널린 전쟁 터야?

할멈 사는 게 전쟁이 아니면? 넌 그 전쟁터의 수송병이야. 그러 니 혼자만 힘든 척 엄살떨지 마.

역무원 엄살 아냐! 열차지연으로 화가 난 어떤 새끼 내 멱살을 움 켜잡고 이러더라. "어차피 죽었어! 그냥 밀고 가!"

할멈 이런 쳐죽일! 죽은 이를 위해 명복을 빌어주진 못할망정.

역무원 헹! 적군끼리 명복을 빌어?

할멈 그 남잔 어떻게 됐어?

역무원 어떻게 되긴. 온몸이 피투성이가 된 채 너덜너덜해져서 들것에 실려 갔지.

할멈 부디 좋은 곳으로 가거라. (성호 긋는다)

역무원 그런데 아까 그 남자랑 무슨 얘길 그렇게 오래 나눴어?

할멈 그냥 사는 얘기. 세탁기가 고장 나서 당장 입을 옷이 없다, 무좀 때문에 발가락이 가렵다, 담밸 많이 피웠더니 목이 아프다. 뭐 그런.

역무원 엥! 당장 죽을 남자가 고작?

할멈 그렇다니까.

역무원 말도 안 돼! 그럼, 당장 입을 옷이 없어서? 아니면 발가락이 가려워서? 아! 담배 끊는 게 너무 힘들어서 자살했구나.

할멈 말 참 예쁘게 한다. 그럼 위인들처럼 거창한 유언이라도 남기고 죽을 줄 알았냐?

역무원 정말 마지막 가는 마당에 평소처럼 떠들기만 했다고?

할멈   뭐, 굳이 유언이라면, "사는 게 무섭다."

역무원   사는 게 무섭다?

열차 도착을 알리는 안내방송.

안내방송   오후 7시 10분 부산행 KTX열차가 타는 곳 3번으로 들어
오고 있습니다. 승객여러분들께서는 안전선에서 한걸음
물러서 주시기 바랍니다.

역무원   젠장! 자리 오래 비웠다고 역장한테 또 한소리 오지게 듣
겠네.

할멈   심심해. 더 놀다가.

역무원   안 돼! 명퇴 희망자 색출하란 지시에 역장이 눈에 불 켰어.

할멈   사는 게 지옥이라며? 이 기회를 꽉 잡아!

역무원   당장 그러고 싶지만 목구멍이 포도청이야. (나가려다 돌아서
서) 근데 그 남자들 말이야. 그 몸 그대로 온전히 죽을 방
법도 많은데, 왜 하필 여기서 비참하게 죽어버릴 생각을
했을까?

할멈   너희들 광고에도 있잖아. "빠르고 편리하게."

역무원   그건 기차를 많이 이용해달란 거지 죽어달란 광고야?

할멈   그 남자들 눈엔 앞뒤 다 빼고 그것만 들어왔나 보지.

역무원   하여간 갖다 붙이긴.

할멈   그리고 또 하나. (저승사자처럼 이리 오라 손을 까딱이며) 내가

여기에 있으니까.

역무원 아이고 무서워라. 이제껏 저승사자랑 말을 섞었네. 왜 나도 열차에 뛰어들라 주문을 외우시지 그래.

할멈 때가 되면 니가 원치 않아도 그리될 게다.

역무원 에이! 재수 없게! (가려는데)

할멈 이봐!

역무원 아 왜!

할멈 (매점 옆 바닥에 놓인 깡통을 가리키며) 비올 때마다 이게 된 짓거리야.

역무원 역장 놔두고 그걸 왜 나한테 따져.

할멈 그 사람 비위 잘못 건드렸다가 매점 빼라면? 자네가 책임질 거야?

역무원 몰라. 만만하다고 여기저기서 툭툭 건드리는데, 이젠 일일이 대꾸할 힘도 없어.

역장이 무전기로 역무원을 부른다.

역장 (소리) 조 과장! 조 과장!

역무원 (받는다) 네 역장님!

역장 (소리) 지금 어디야?

역무원 (제자리에서 뛰며) 3구역 계단을 올라가고 있습니다.

역장 (소리) 거길 왜 가! 요주의 인물 발생. 당장 2번 승강장으로 튀어!

역무원   어디요?

역장   (소리) 2번 승강장! 이 멍청아!

역무원   넵! (무전기 끄고 버럭 소리 지른다) 알았다고 이 새꺄!! (승강장으로 뛰어가 팔 내저으며 짜증난 목소리로) 제발 안전선 밖으로 물러나세요!

멀리서 기적소리 들려온다. 달려오는 열차소리와 함께 암전.

3장

빗소리. 무대 뒤편으로 열차가 들어와 한 무리의 승객들을 내려놓는다. 일부는 우산을 들고 계단을 통해 나가고, 나머진 매점에서 물건을 고른다.

그들 뒤로 비에 젖은 광태가 가방을 들고 툭 튀어나온 배를 내밀며 안전선 위에 서 있다가 힘없이 무대 앞으로 간다. 열차는 굉음을 내며 다음 역을 향해 출발한다.

광태 (휴대폰을 꺼내 건다) 부장님 접니다. 아직도 결정 안 났습니까? 도대체 언제까지요? 군말 없이 나가주면 1년 후에 복직시켜주겠다면서요. 근데 벌써 2년째입니다!⋯ 제발, 제발 신경 좀 써주세요 부장님. 너무 힘들어요⋯ 네. (끊는다)

할멈 (잔돈 거슬러주며) 좋은 하루 되세요. (손님이 돌아가자 우두커니 서 있는 광태를 발견한다. 반갑게) 광태야! 너 오랜만이다!

광태 (멍하다)

할멈 (매점에서 나와 광태의 어깰 툭 친다) 왜 이래? 얼빠진 사람처럼.

광태 (그제야) 어!

할멈 비 쫄딱 맞고 어딜 그렇게 싸돌아다녔어?

광태 그냥 여기저기.

할멈 저녁은?

광태	아직.
할멈	에이그 녀석아. 속을 든든히 채워놔야 정신이든 육체든 둘 중 하난 버틴다고 했잖아. (매점에서 수건과 빵과 우유를 가져온다. 광태를 의자에 앉히고 수건으로 물기를 닦아준다) 비 맞아 걸린 감기는 약도 안 들어. 갈 때 우산 챙겨가. (빵 봉지를 뜯어 손에 쥐어준다)
광태	매번 이래도 되나 싶네.
할멈	공짜 아니다. 나중에 이자 두둑이 쳐서 다 갚아.
광태	(한입 베어 먹는다)
할멈	회사에선 연락 없어?
광태	(사레들린다) 켁켁!
할멈	이런 주책바가지. 괜한 걸 물어가지고. (우유 따서 준다)
광태	(마신다)
할멈	애 엄마랑은 별일 없지?
광태	(뿜는다) 풉!
할멈	(등 두드려준다) 왜? 그새 또 무슨 일이 터졌어?
광태	(가방에서 서류를 꺼내준다)
할멈	(눈을 찡그리며 읽으려고 애쓰다가) 이런 제길! 심봉사가 따로 없네. (매점에서 돋보기를 꺼내 읽는다) 이혼합의서? 어머나! 갑자기 이게 뭔 일이래?
광태	아내가 바람을 피웠어.
할멈	바람을 피워?
광태	일주일 전쯤 우연히 아내의 휴대폰에서 어떤 남자와 주고

받은 메시지를 보게 됐어. 보고 싶다, 사랑한다, 우리 그곳에 또 가자… 순간 눈앞이 캄캄해지면서 심장이 두근거리고 손이 부들부들 떨려 왔어. 그곳이 모텔일까? 설마 아니겠지. (잠시) 뭔가 검색했을 거 같다는 생각에 지도 어플을 살펴봤어. 아… 무인텔. 아주 여러 곳을 돌아다녔더라.

할멈　이런 개 같은! 그래서 어쨌냐. 애 엄만 뭐래?

광태　이혼하자면서 먼저 그걸 내밀었어.

할멈　방귀뀐 놈이 성낸다더니. 뭐가 그렇게 당당해! 그래, 바람 핀 이유나 들어보자.

광태　더 이상 빚 때문에 고통 받고 싶지 않대.

할멈　참나 웃기고 자빠졌네! 니가 도박을 해, 바람을 피워. 생활비다 뭐다 살리려고 버둥거리다가 그리 된 거잖아. 힘든 남편 등 두드려주진 못할망정 야박하게 뒤통수를 쳐?

광태　(서류를 받아 가방에 집어넣는다) 그제 사채업자가 집에 빨간딱지 붙이고 갔어. 더 이상 빚 감당 못하겠어. 터지기 전에 갈라서는 게 맞아.

할멈　맞긴 뭐가 맞아! 너 이혼하면 애는 누가 키워?

광태　당연히 내가 키워야지. 애 놔두고 술 마시러 돌아다니는 여자한테 맡길 순 없잖아.

할멈　키울 능력은 있고? 아무리 발버둥 쳐봐라 법이 니 편을 들어주나.

광태　절대 안 돼!

할멈　그러니까 일할 곳을 찾아! 연락도 없는 회사 그만 기다리고.

광태	말했잖아! 써주는 곳도 없고 몸 쓰는 일은 하루를 견디질 못해.
할멈	그럼 어쩔 수 없지. 니 애는 아내가 키우는 수밖에.
광태	누이 정말 잔인하다.
할멈	너무 서운해 마. 그게 현실이야.

병준이 쇼핑백과 우산을 들고 오른쪽 다릴 절뚝이며 계단을 올라온다.

병준	(두리번거리며) 형! 나 왔어! (대답이 없자 더 크게) 형! 장난 그만 치고 어서 나와!
할멈	거참! 공공장소에서 뭐하는 짓이야!
병준	죄송해요. 여기서 아는 형을 만나기로 했는데 통 보이질 않아서.
할멈	전화는 뒀다 뭐해.
병준	안 받아요. 문자 확인도 안 하고. (초조하게) 한 번도 이런 적이 없었는데…
할멈	(잠시 승강장 쪽을 쳐다본다) 그 형이라는 애. 어떻게 생겼어?
병준	키가 좀 크고, 갸름한 얼굴에, 머리가 길어요.
광태	혹시 나처럼 배가 나오지 않았어?
병준	맞아요! 그 형을 아세요?
광태	응. 한동안 여기서 자주 만났지. 근데 어딜 간단 말도 없이 사라져 버렸어.

병준	그 형 스타일이 그래요. 저랑 연락 잘하다가도 아무 낌새도 없이 갑자기 잠수 타요.
광태	누이. 그 친구 요즘 여기 와?
할멈	아까 왔었다. (뒤를 가리키며) 그리고 저리로.
광태	아… 결국 그렇게 됐구나.
병준	뭐가요?
할멈	아마 지금쯤 편안해졌겠다.
광태	(끄덕인다)
병준	편안해져요? (잠시 생각하다가) 우와! 드디어 취직에 성공했구나!
할멈	그게 아니라,
병준	(신나서) 어쩐지. 여기저기 축하전화 받느라 통화가 안 되는 거였네. (휴대폰 꺼내 전화한다)

경쾌한 벨소리에 이어 안내음성이 나온다.

| 안내음성 | 연결이 되지 않아 삐 소리 후 음성사서함으로 연결되오며 통화료가 부과됩니다. 삐– |

| 병준 | 형! 축하해! 오늘 아주 좋은 일이 생겼다며? 내가 그럴 줄 알았어. 다른 건 몰라도 형은 한다면 하는 사람이잖아. 히히… 난 언제 형처럼 될까? 부럽다 진짜! 여기 기차역 매점이야. 형 올 때까지 기다리고 있을게. 다시 한 번 축하해 |

형! (끊는다)

할멈 아이고 난감해라. (매점으로 가려는데)

병준 저기, 매점할머니시죠? 형이 자주 얘기했어요. 여기에 자길 정성껏 돌봐주는 천사 같은 할머니가 계시다고. (해맑게) 그런데 천사치곤 많이 늙으셨다. 헤헤…

할멈 너 아주 생글생글 웃어가며 듣기 좋은 말만 골라서 한다.

병준 감사해요. 제가 선천적으로 거짓말을 못해요.

광태 거짓말만 못하는 게 아닌데.

병준 (영문을 몰라) 네?

할멈 (쇼핑백을 가리키며) 그건 뭐야?

병준 이거요? (쇼핑백에서 와이셔츠와 넥타이를 꺼내 보여준다) 그 형 주려고 샀어요. (와이셔츠와 넥타이를 몸에 대보며) 어때요? 근사하죠?

할멈 너랑 아주 잘 어울려. 걔 줄 생각 말고 그냥 니가 입어.

병준 에이 전 넥타이 맬 줄도 몰라요.

광태 돈 좀 썼겠는데?

병준 며칠 알바로 모은 돈 다 썼지만 하나도 아깝지 않아요. 정말 친한 형이거든요.

광태 그 친구도 자네랑 같은 마음이었을까? 서로 믿고 의지하고?

병준 상관없어요. 형 마음이 어떻든 얼굴 보면 반가운 유일한 사람이니깐.

할멈 영수증 잘 챙겼지?

병준　그럼요. 사이즈 안 맞으면 바꿔야하니까.

할멈　잘했다. 내일 날 밝으면 그대로 들고 가서 몽땅 환불해.

병준　왜요? 그 형한테 안 어울릴 거 같아요?

할멈　그게 아니라, 그 앤 다신 볼 수 없다는 것만 알고 그만 돌아가.

병준　여기서 만나기로 했다니까요.

할멈　글쎄 그 앤 이젠 그 옷 못 입어. 당장 돌아가.

병준　왜 자꾸 돌아가라 하세요? 할머닌 형이 지금 어디에 있는지 알고 계시죠?

할멈　…

병준　그 형 어디에 있어요? 네?

광태　궁금해?

병준　아저씨도 알고 계세요? 제발 알려주세요! 이 옷을 입고 활짝 웃는 형의 얼굴을 꼭 보고 싶어요!

광태　(담담하게) 자네가 좋아하는 그 형. 아까 저기서…

할멈　광태야! 그만해라. 그 애도 그냥 조용히 가길 원할게다.

광태　하긴.

병준　두 분이서 지금 날 놀리는 거죠?

할멈　(쇼핑백에 와이셔츠와 넥타이를 집어넣고 건네준다) 너 같은 애 놀려서 뭐가 재밌다고. 그만 돌아가.

병준　(쇼핑백을 바닥에 내던진다) 나 바보 아니거든요! 그 형 만나기 전엔 절대 못 돌아가요! (절뚝거리며 구석으로 간다)

할멈　맘대로 해! 어차피 막차 끊기면 역무원한테 내쫓길 테니.

(빗물이 가득 찬 깡통을 집어 든다) 정말 징글징글하게 내린다. (매점 뒤로 나간다)

병준, 의자로 돌아와 바닥에 널브러진 옷을 가지런히 접어 쇼핑백에 넣는다. 그리고 광태 옆에 앉아 그의 커다란 배를 흘깃흘깃 훔쳐본다.

광태 뭘 그렇게 훔쳐봐?

병준 죄송해요. 이렇게 배가 큰 남잔 처음이라 저도 모르게 그만.

광태 왜 안 그렇겠어. 나도 가끔 내 배를 보고 있으면 혐오스러워.

병준 아뇨! 그런 뜻으로 말씀드린 게 아니에요!

광태 괜찮아. 이미 사람들의 불편한 시선에 익숙해져있으니까. 근데 자넨 어쩌다가 다릴 절게 됐어?

병준 이거요? 3년 전에 신호위반 트럭에 치었어요.

광태 저런. 죽지 않은 게 다행이네.

병준 말도 마세요. 온몸의 뼈가 다 부러지고 한 달간 의식이 없어서 의사가 장기기증까지 권했대요.

광태 그런데도 기적적으로 깨어난 거야?

병준 온 가족이 매일 교회에 나가서 저를 위한 기도를 올렸데요. 저도 꿈속에서 전지전능하신 분이 내민 구원의 손을 잡았어요! 그리고 의식을 차린 후 이 악물고 재활해서 이만큼이라도 걷게 됐어요.

광태	지금은 뭐하고 지내?
병준	자꾸 회사 면접에서 떨어져서 장애인특별채용 공무원시험 준비해요.
광태	공무원 좋지. 꼭 합격해서 인간대접 받으며 살아.
병준	감사해요. 그런데 아저씬 무슨 일 하세요?
광태	나? 그냥 놀아.
병준	와! 돈이 많으신가 봐요.
광태	그게 아니라. 실직자라고.
병준	죄송해요. 전 그런 줄도 모르고.
광태	평생 직장인줄 알았는데 어쩌다보니 쫓겨났어.
병준	우리 아빠도 젊었을 때 아저씨처럼 당했어요. 회사 어려워지면 만만한 대리나 과장부터 앞뒤 안 가리고 무 베듯 싹둑 잘라버리죠.
광태	그렇지. 나름 중산층이라 믿고 살았는데, 순식간에 바닥으로 떨어지더라.
병준	엿 같은 세상! 이게 다 돈과 권력을 가진 놈들의 꼼수에요. 그놈들이 만든 세상은 늘 강요만 하죠. 스펙 쌓아라! 인맥 쌓아라! 앞만 보고 무조건 달려라! (바닥에 신발로 줄긋고) 보세요! 이렇게 지들 눈에만 보이는 선을 그어놓고 성공하고 싶으면 이 안으로 뛰어들라 소리치죠. (절뚝이며 있는 힘껏 뛰지만 선을 못 넘고 넘어진다) 어떻게 해야 이 선을 뛰어넘죠?
광태	(핸드폰이 울린다. 발신자를 확인하고 망설임 끝에 받지 않는다. 표정

이 점점 어두워진다)

병준 (일어난다. 점점 감정이 격해진다) 도전이요? 하하! 그냥 웃음만 나오네. 말이 좋아 도전이지 우리 세대는 한 번 실패하면 회생불가능이죠. 쳇! 꼰대들은 이따위 사회를 만들어 놓고 왜 우리에게 도전을 강요해요. 씨발! 아무리 열심히 살아도 계속 제자린데 뭘 어쩌라고!

광태 (배가 아파온다) 아… (배를 움켜쥐고 바닥을 뒹군다) 으!…

병준 (소리에 놀라 뒤돌아보며) 아저씨 왜 그래요!

할멈 (깡통을 들고 오다가) 아이구 광태야! (부축해 의자에 눕힌다)

병준 방금 전까지 멀쩡했는데 갑자기 왜 이러시죠?

할멈 (배에 귀를 대고 듣는다)

광태 배가 터질 거 같이 아파.

병준 아! 맹장염! 할머니 이거 맹장염이에요. (옷을 걷어 수술자국을 보여주며) 저도 맹장 터지고 수술하느라 엄청 애먹었어요.

할멈 (광태의 윗배를 만진다)

병준 아뇨! 맹장은 배꼽 오른쪽 아래.

할멈 아유 정신 사나워! 제발 조용히 좀 해.

광태 으…

병준 아… 터지겠다. (휴대폰 꺼내 건다) 여보세요. 119죠?

할멈 거긴 왜!

병준 맹장 터진다니까요!

할멈 나한테 줘 터지기 전에 당장 끊어!

병준 하지만!

할멈 (깡통을 집어 든다) 확!

병준 (끊는다) 이러다 맹장 터지면 할머니가 책임질 거예요?

할멈 그래! 내가 다 책임질 테니 넌 제발 집에 가!

병준 (쇼핑백을 집어 들고 돌아서려) 그래도 맹장은 빵 터지기 전에,

할멈 예끼 이놈아! (깡통을 집어던진다)

병준 (깜짝 놀라 뒤로 물러난다)

광태 요즘 왜 이럴까? 수시로 배가 아파.

병준 과민성대장증상?

할멈 (째려본다)

병준 (멀찌감치 떨어진다)

할멈 (배 문질러주며) 숨 들이쉬고… 내쉬고… 다시 들이쉬고…
내쉬고…

병준 (휴대폰 울리자 반갑게 받는다) 형 어디야!… (당황하며) 누구세
요? 어떻게 철호 형 휴대폰으로… (놀란다) 네? 그게 정말이
에요?… 알겠어요. (끊는다. 충격을 받았는지 멍하다)

광태 (한결 편안해진 얼굴로 일어나 앉는다) 이제 좀 살 거 같아.

할멈 과거를 굳이 거부하려 들지 마. 그냥 받아들여. 생각나면
생각나는 대로, 슬프면 울고, 기쁘면 웃어. (돌아보며) 누군
데 얼굴이 갑자기 죽상이 됐냐?

병준 그 형 누나요. 철호 형이 지금 영안실에 누워있대요.

할멈 그래서 아까 편안해졌을 거라고 했잖니. (일어나 우산을 들려
주며) 가서 실컷 울어. 눈물샘이 말라 날 위해 흘릴 눈물조
차 남아있지 않을 때까지.

병준   (인사하고 절룩거리며 계단을 내려간다)

광태   그 말 참 슬프다. "날 위해 흘릴 눈물조차 남아있지 않을 때까지."

할멈   슬픔이 움직여 절망이 되면 마음껏 절망해야지. 그래야 그 절망 끝에 숨어있는 작은 희망의 씨를 발견할 수 있거든.

광태   희망의 씨?

할멈   아직 늦지 않았다. 너도 이 고비만 잘 넘기면…

광태   내게 자꾸 희망을 얘기하지 마. 그것이 날 얼마나 더 비참하고 힘 들게 만드는지 알아버렸어. 희망을 품을수록 내 배는 점점 더 커져.

조명이 어두워지면서 지붕을 때리는 빗소리가 점점 더 커진다.

4장

여전히 비가 내리고 이따금 천둥소리도 들려온다. 열차도착을 알리는 안내방송이 나온다.

안내방송 오후 8시 30분 천안행 무궁화호열차가 타는 곳 5번으로 들어오고 있습니다. 승객여러분들께서는 안전선 밖으로 물러나주시기 바랍니다.

잠시 후 열차가 들어와서고, 아가씨가 종배의 멱살을 잡은 채 승객들을 밀치며 내린다. 배가 커다랗게 튀어나온 종배는 임신복차림에 가방을 메고 있다.

종배 이거 놔!
아가씨 못 놔!
종배 (애원하며) 숨 막혀! 제발 이 손 좀!
아가씨 웃기시네! (더 꽉 조이며) 닥치고 따라와!

열차는 승객들을 태우고 출발한다.

종배 진짜 아냐. 내가 왜 그런 짓을 하냐고. 오해야.

아가씨	오해는 무슨! 딱 봐도 변태야. 당장 경찰서로 가!
할멈	(매점 뒤에서 나와 둘을 발견하고 뛰어가 말린다) 아니 종배야! 어쩌다 이 꼴로?
종배	누이! 제발 나 좀 살려줘!
할멈	아가씨. 무슨 영문인지 몰라도 이 손 좀 놓고 차근차근 얘기해봐.
아가씨	미쳤어요! 도망치려는 걸 간신히 붙잡았다구요.
종배	누이… 수, 숨이…
할멈	제발 좀 놔! 이러다 사람 잡겠어! (억지로 떼어 놓는다)
종배	(헉헉대며 숨을 몰아쉰다)
할멈	(등을 두드려주며) 왜 그랬냐? 도살장 끌려가는 소 마냥.
종배	몰라. 별것도 아닌 일로 고래고래 소리 지르고 멱살잡이에 개망신 주잖아.
아가씨	별것 아니긴! 이 성추행범아!
종배	성추행이라니! 열차가 급정거하는 바람에 넘어지면서 아가씨 몸에 손이 닿았을 뿐이라고 했잖아!
아가씨	변태!
종배	내가 왜 변태야!
아가씨	변태가 아니면 그 옷 꼴은.
종배	이건…
아가씨	거 봐.
할멈	(나선다) 이거 봐 아가씨. 하나만 물어볼게. 아가씬 바지가 편해 치마가 편해?

아가씨	그건 왜요?
할멈	글쎄 대답해봐.
아가씨	당연히 치마죠.
할멈	(종배의 배를 두드리며) 그럼 이렇게 배가 많이 나온 사람한텐 바지가 편할까 치마가 편할까?
아가씨	그야…
할멈	이제 됐지? 이 배를 봐. 바지가 오죽 불편하면 임신복을 입고 다니겠어.
아가씨	아무리 그래도 남자가 임신복을 입는 게 말이 돼요?
할멈	왜 말이 안 돼? 사막에선 남자들도 치마 입어. 세상에 남자옷 여자옷이 어딨어. 편하면 입는 거지.
아가씨	그래도 상식적으로.
할멈	사람이 개를 물고 다니는 세상이야. 됐지? 그만 돌아가.
종배	누이 나 다리 아파.
할멈	(얼른 부축해서 의자에 앉힌다) 종배야. 그동안 배가 더 커졌다.
종배	힘들어 죽겠어. 뱃속에 쌍둥이가 들어있는 거 같다니까.
할멈	조금만 참아. 머잖아 아주 편안해질게다.
종배	꼭 그랬으면 좋겠다.
아가씨	우와! 둘 다 완전히 미쳤어.
할멈	함부로 나불대지 마! 미치지 못해 이렇게 됐어. 저게 무슨 짓이냐며 길길이 날뛰니까 사람들과 아예 말문을 닫고 혼자 속으로 곪아 터져가지.
종배	으히히… 내 속이 다 후련해. 역시 누이는 우리의 명대변인!

할멈, 매점에서 음료수를 가져와 종배에게 먹인다. 그러는 사이에
아가씨는 장소를 옮겨가며 휴대폰으로 종배의 모습을 찍는다.

아가씨   완전 유튜브각이네. 이거 올리면 구독자가 엄청 늘겠어.
(자신을 찍으며) 안녕하세요 여러분. 양양이에요. 오늘 보실
콘텐츠는 임신복을 입고 철도역을 배회하는 늙은 남자예
요. 자, 바로 시작할게요. 재밌게 보셨다면 구독과 좋아요.
알람설정까지! (본격적으로 찍어댄다)

할멈   너 지금 뭐하는 짓이야!

아가씨   할머넌 안 나오니까 신경 꺼요.

할멈   당장 그만 둬!

아가씨   표정 없는 얼굴, 초점 없는 눈동자, 툭 튀어나온 배. (종배에
게 명령하듯) 배 더 내밀어. 더! 더!

종배   (명령에 익숙해진 사람처럼 말을 따른다)

아가씨   헐! 완전대박!

할멈   (아가씨 뒤로 가서 휴대폰을 뺏는다)

아가씨   어머!

할멈   인터넷으로 사람 하나 매장시키는 건 일도 아냐.

아가씨   답답하시긴. 요즘엔 이런 캐릭터가 먹혀요. 혹시 알아요?
동영상 떠서 방송출연하게 될지.

할멈   전국적인 비웃음거리로 만들려고?

아가씨   그게 어때서요. 돈 벌면 그만이지.

할멈   돈만 벌면 장땡이냐! 재미도 없고 감동도 없고. 오로지 웃

고 떠들고 자극적이지. 아주 가관이다.

아가씨 됐구요! 핸드폰 내놔요.

할멈 또 찍게?

아가씨 저 남자가 찍고 싶어 하잖아요.

할멈 네 눈엔 저게 찍고 싶어 안달 난 것으로 보이냐?

아가씨 아 됐고. 당장 내놔요!

할멈 못 줘!

아가씨 경찰 불러요!

할멈 불러! 이왕이면 경찰총장 아니 대통령 불러와. 그럼 돌려 줄게.

아가씨 배짱이다 이거지. 좋아! 당장 불러올 테니 기다리셔! (씩씩 대며 계단을 내려간다)

할멈 저저 성질머리 좀 봐.

아가씨 (소리) 으악! 이건 또 뭐야! 저리 비켜!

광태 (힘겹게 계단을 올라온다) 저 아가씨 왜 저래?

종배 (반갑게 손 흔든다) 광태야! 오랜만이네.

광태 (반갑게) 어! 형님! (다가가며) 와! 세상에 이럴 수가! 누이. 나 이렇게 큰 배는 처음 봐.

종배 (자랑하듯 배를 두드린다)

광태 설마 뱃속에 뭐 집어넣은 거 아니죠?

종배 얘가 부러워서 날 의심하네. 한 번 까주랴? (임신복을 반쯤 걷 어 올린다)

할멈 아유 징그러워! 얼른 내려!

종배	헤헤… (임신복을 단정히 하며) 너도 임신복 입어봐. 세상 편해.
할멈	광태는 그거 입으려면 아직 멀었다.
종배	그건 누이 생각이고. 광태도 조만간 나처럼,
할멈	시끄러! 광태는 너랑 달라.
종배	뭐가 달라. 어차피 배가 커지긴 마찬가지구만.
할멈	세상 남자들이 모두 너처럼 생기면 어쩌겠어. 끔찍하지? 그래서 조물주는 눈, 코, 입, 귀를 다 다르게 조합하셨어. 생김새가 다 다르듯이 남자도 종류에 따라 임신할 수 있고, 임신할 수 없단 얘기지.
종배	그럼 광태는 임신이 아닐 수도 있단 말이야?
할멈	임신은 임신인데 뭐랄까…
종배	상상임신?
할멈	그렇지!
광태	전엔 임신이라고 했잖아.
할멈	본인 의지에 따라 임신이 됐다 안 됐다 그래.
종배	그럼 나도?
할멈	넌 임신이 확실해.
종배	이거 기뻐해야 하나 슬퍼해야 하나?
할멈	(광태에게) 화장실에 다녀왔지?
광태	응.
할멈	거품까지 쫙 쏟아냈어?
광태	거품은커녕 아무리 힘줘도 나오는 거라곤 맥없는 방귀 두 번.

할멈	됐다. 방귀라도 나왔으니 다음엔 틀림없이 거품이 쏟아져 나올 거야. 둘이 오랜만에 만났으니 얘기 나누고 있어. 하던 일 마저 하고 올게. (매점 뒤로 간다)
종배	너 정말 상상임신일 거라 생각해?
광태	아뇨. 확실히 임신이 맞아요.
종배	그렇지! 누이의 감언이설에 속지 마. 너에게 희망을 심어 놓으려는 개수작이야. 넌 그동안 뭐하고 지냈어?
광태	그냥 뭐 늘 하던 대로…
종배	또 거길 갔어?
광태	갈 곳이 거기 밖에는 없더라고요.
종배	누이! 광태가 또 거길 갔데!
광태	그만해요! 누이 알면 혼나요.
종배	누이가 거긴 더 이상 가지 말라고 했잖아.
광태	자꾸만 그 남자 생각이 떠올라요. 깔끔한 양복에 바지도 내리지 않고 변기에 걸터앉아 있던 모습이 너무 선명해요. (사이) 왜 화장실 문을 열어 놓았을까요? 손만 뻗어 닫으면 될 걸 왜 내게 닫아 달라고 했을까요?
종배	그 순간에도 말 섞을 상대가 필요했나보지. 억울하기도 했겠고.
광태	그 남자가 걱정되어 건물 밖에서 한참을 기다렸어요. 시간이 얼마나 흘렀을까? 구급차가 달려오고, 구급대원들이 급하게 건물 안으로 들어가더니, 그 남잘 천으로 덮어 싣고 갔어요. 형님. 사람이 죽으면 왜 얼굴을 천으로 덮을까요?

종배	격리! 죽은 놈은 이제 세상과 아무 상관이 없으니 위화감 조성하지 말고 그대로 땅속으로 들어가!
광태	그런가?
종배	(가방에서 뜨개질을 꺼내 목도리를 뜬다)
광태	아직도 떠요?
종배	먼저 건 망쳤어. 부지런히 떠서 찬바람 불기 전에 완성해야지.
광태	형수님은 좋겠다.
종배	미쳤냐! 이 고생해서 마누랄 주게. 겨울 오기 전에 우리 딸 목에 둘러 줄 거야. (열심히 뜬다)
광태	(그 모습을 가만히 지켜보다가) 종배 형님.
종배	왜?
광태	형님 뜨개질하는 모습이 꼭 돌아가신 우리 엄마 같아요.
종배	(다리 모으고 여성스럽게 포즈를 취한다. 여자 목소리로) 광태야~
광태	(아이처럼) 네 엄마!
종배	저녁 처먹어라~
광태	싫어! 더 놀고 싶어.
종배	너 좋아하는 고등어 구웠어~
광태	나 고등어 안 좋아해!
종배	이눔 새끼! 언젠 자반고등어만 봐도 군침 돈다며. 쳐맞기 전에 얼른 들어와!
광태	하하 우리 엄마라 해도 믿겠어요.
종배	(보란 듯이 다릴 쫙 벌리고 뜨개질하며) 이래도?

광태	하하하!
종배	아이고 허리야. (의자에 눕는다) 배 때문에 오래 앉아있질 못하겠어. 너도 누워.
광태	그래도 여긴 좀…
종배	괜찮아. 아무도 우리한테 관심두지 않아.
광태	(의자에 눕는다) 아 좋다.
종배	광태야. 넌 좀 뻔뻔해져야해. 뻔뻔하지 못하니까 자꾸 남을 의식하고, 뻔뻔하지 못하니까 싫어도 착하게 살아야 하잖아. 힘들다 그런 삶.
광태	형님은요?
종배	쳇! 누워서 침 뱉었네.

둘이 머릴 맞대고 누운 것이 멀리서 보면 흡사 두 개의 무덤을 보는 거 같다.

광태	우리 이렇게 누워있으니까 무덤 같지 않아요? 두 개의 무덤.
종배	하필 비유를 해도 무덤이 뭐냐. 그거보단 여자들 젖가슴은 어때? 넌 오른쪽 젖가슴 난 왼쪽 젖가슴.
광태	에이 그럼 짝짝이잖아요. 형님께 나보다 더 큰데.
종배	얘 좀 봐. 여자들 젖가슴 짝짝이야. 대부분 심장이 있는 왼쪽 젖가슴이 더 커. 남자도 한쪽이 처져서 짝부랄이고.
광태	(가운데를 만져본다) 어? 정말이네.

종배　너 지금 짝부랄인지 확인했냐?

광태　네.

종배　이런 변태! 공공장소에서 대놓고 부랄 만지는 변태!

광태　내꺼 내가 만지는데 뭐 어때요?

종배　야! 그게 변태들 특징이야. 때와 장소를 안 가려. 지 꼴리는 대로 아무 데서나 쪼물딱 쪼물딱.

광태　뻔뻔해지라면서요.

종배　그거랑 이거랑 같냐! 이제 부터 니 별명은 부랄광태!

광태　(크큭대며 웃다가 옆으로 굴러 떨어진다) 으윽!

종배　왜 그래 부랄광태! (놀라 일어나다가 굴러 떨어진다) 아이쿠!

광태　(엎어진 채로 크큭대며 웃는다) 크크크…

종배　(누운 채) 이 자식이 배 터진 줄 알고 깜짝 놀랐는데 웃고 있네.

광태　(힘겹게 일어나 앉는다) 미안해요. 형님 아니면 웃을 일이 없어서.

종배　(여러 번 굴러 억지로 일어난다) 내가 재미난 얘기 하나 해줄까? 어제 구청 앞에서 임산부들이 임신보조금을 얼른 집행하라면서 피켓시위를 벌이더라.

광태　하여간 공무원들 일처리 굼뜬 건 알아줘야해. 저출산에 앨 낳아주겠다는데, 바로 지급했어야지.

종배　임신도 안 했는데 보조금을 줘?

광태　네? 임신을 안 하다뇨?

종배　모두 같은 산부인과에서 임신확인서를 떼 온 가짜임산부들! 담당공무원이 눈치 채고 딴 병원에서 다시 떼 오라니까 구청으로 몰려든 거야.

광태　맙소사!

종배　난 그 여자들 이해해. 오죽 살기 힘들면 눈먼 돈 빼먹겠다고 임신했다며 난릴 칠까 싶어. 광태야. 우리도 행동에 나서자. 가짜 임산부들도 정부보조금을 타내려 아우성인데 우리라고 못할 건 없지.

광태　에이 농담하지 마세요.

종배　야! (배를 두드리며) 우리 배가 왜 이렇게 커졌냐! 풍선에 바람 넣듯 순식간에 커졌냐? 아니! 세상이 만들어 놓은 법칙에 따라 살다보니 이렇게 됐잖아. 내 말 틀려?

광태　아무리 그래도…

종배　그러니까 우리도 정부한테 강력히 요구해야 돼. 가만히 있으면 개호구로 본다니까. (주먹 불끈 쥐고) 따라해. 정부는 임신한 남자들의 처우를 개선하라!

광태　개선하라! 개선하라!

종배　정부는 임신한 남자들에게 생활보조금을 지급하라!

광태　지급하라! 지급하라!

종배　정부는 대중교통에 임신한 남자들의 전용좌석을 설치하라!

광태　설치하라! 설치하라!

이때 멀리서 호루라기 소리가 들려온다.

종배	(그 소리에 놀라) 어이쿠! 경찰이다! (허둥대며 주변을 살핀다)
광태	갑자기 왜 이래요? 경찰이라뇨?
종배	쉿! 잘 들어봐.

두 사람, 귀를 기울인다. 호루라기 소리가 사라진다.

광태	아무 소리도 안 들려요.
종배	거참 이상하다. 분명히 호루라기 소릴 들었는데. 이명인가?
광태	근데 형님은 가끔 이런 생각 안 들어요?
종배	어떤?
광태	우리 뱃속에 들어있는 게, 정말 아기가 아닐까 하는.
종배	여자들처럼 생명을 잉태했다고? (진지하게 쳐다보며) 너, 정말 그렇게 생각하고 있냐?
광태	가끔… 그러니까… (무안해져서) 하도 배가 부르다보니, 별 생각을 다 했네요.
종배	(놀리려고 진지하게) 아니! 나도 오래전부터 그런 생각을 했어. 더구나 요즘엔 생전 쳐다보지도 않던 레몬이 무척 땡겨!
광태	나도!
종배	이유 없이 피곤하고, 부종에, 오줌도 자주 마려!
광태	그러니까요! 점점 거대해지는 엉덩이와 팔뚝은 어떻고!
종배	(배를 만지며) 어! 뱃속에서 아기가 춤을 춘다!
광태	태동!
종배	아이고 배야! 나 이러다 정말 애 낳는 거 아닌가 몰라! (의

자에 누워 출산하는 것처럼 다릴 구부린다) 광태야! 우리 한 번 기적을 만들어보자! (아랫배에 힘준다) 흐읍!

광태 (종배의 임신복 안에 얼굴을 묻고) 어두워서 아무것도 안 보여요!

종배 흐읍!!

광태 (얼굴을 내밀고) 형님! 뭔지는 모르겠지만, (주먹 쥐어 보이며) 이만한 게 툭 튀어나왔어요.

종배 그건 너도 달려있는 거고.

광태 아니 그럼 어디로 애가 나와요? 나올 문이 없는데.

종배 옆구리나 어디든 나오겠지! 흐읍!

광태 (종배의 다리사이에 얼굴을 묻고) 숨 들이마시고… 힘!!

종배 흐윽!!

광태 숨 들이마시고… 힘!!

종배 아흑!! (힘을 준 끝에 방귀가 뿌웅 하고 터진다)

광태 (임신복에서 얼굴 빼며) 우왁!!

종배 헤헤… 세상에 남자가 어떻게 임신을 하냐. 광태야. 도대체 무슨 미련이 남았다고 아직도 니 모습을 거부해? 이젠 받아들일 때가 됐잖아.

광태 (숨을 헐떡이며) 으 썩은 내… 골이 다 지끈지끈하네. (진정하고) 형님. 정말 우리 뱃속에 들어있는 건 아기가 아닌가요?

종배 생명은 곧 희망이야. 희망이 우리 뱃속에 들어있을 리 없지. 그건 이미 너도 알고 있는 답이잖아.

광태 알지만, 괜히 그것이 정답이 아니길 바라는 마음이 들어서요.

종배　　참나! 이게 다 누이 때문이야. 너한테 허튼 희망을 심어놨어.

광태　　아뇨. 그냥 그랬다고요. 이 뱃속엔 허튼 희망마저 들어갈 자리가 없어요.

종배　　하하… 듣던 중 반가운 소리다.

병준, 우산을 들고 절뚝거리며 계단을 올라온다.

이번엔 왼쪽다리다.

광태　　(다가오는 병준을 발견한다) 너, 장례식장에 안 갔어?

병준　　사진 앞에 선물 놓고 절만 하고 나왔어요. 웃는 얼굴이 너무 슬퍼 보여서요.

광태　　그럼 집으로 가지. 여긴 왜 또 왔어?

병준　　그게 사실은… (무언가 말하려다 종배의 배를 보며) 와! 이렇게 큰 배는 처음 봐요. 선생님. 이 배 가짜 아니죠?

종배　　(누운 채) 젊은 친구가 초면에 참 무례하네.

병준　　죄송해요. 너무 신기해서 저도 모르게.

종배　　(광태에게) 누구야?

광태　　(귓속말 한다)

종배　　(일어나 앉는다) 그 친구 결국 그렇게 갔군.

병준　　선생님. 대기업이사 출신 맞죠?

종배　　날 어떻게 알아?

병준　　아는 형이 그랬어요. 이곳에 배가 엄청나온 전직 대기업이사가 자주 온다고.

종배　　별 얘길 다했구만. (손 내밀며) 여하튼 반가워.

병준　　(악수한다) 꼭 만나 뵙고 싶었어요.

종배　　날? 왜?

병준　　그 형을 진단해주셨다면서요.

종배　　그랬지. 그 친구 수박만한 배를 보는 순간 '아! 저건 우리
　　　　　랑 똑같은 종류의 것이다!'라는 생각에.

병준　　(적극적으로) 저도 진단 좀 해주시면 안 될까요?

광태　　그 배로 뭘 진단받아.

병준　　아뇨. 크기는 작아도 증상이 비슷해요. 그 형 얘길 듣고 있
　　　　　으면 마치 제 얘길 하는 거 같았어요.

광태　　말도 안 되는 소리 작작해!

병준　　정말이라니까요! (종배에게 간절히) 제발 진단 좀 해주세요, 네!

종배　　정 그렇다면, 까봐.

병준　　(웃옷을 걷는다)

종배　　(가방에서 청진기를 꺼낸다)

광태　　그건 왜 가지고 다녀요?

종배　　가끔 내 뱃속 상태가 궁금해서. (청진기로 병준이 배를 진단한
　　　　　다) 숨 들이마시고 꾹 참아. (부풀어 오른 배를 두드려본다. 진단
　　　　　을 끝내고 청진기를 가방에 넣는다)

광태　　어때요?

종배　　임신인 거 같기도, 아닌 거 같기도.

병준　　임신이라뇨?

광태　　우리들만의 은어.

종배　음… (곰곰이 생각하다가) 진단결과. 자넨 지극히 정상이야.

병준　말도 안 돼! (다시 옷을 걷어 배를 내민다) 보세요! 요즘 부쩍 배가 빵빵해졌다고요!

종배　돼지 앞에서 코 까?

병준　(배 더 내밀며) 자요! 다시 꾹꾹 눌러 보세요!

광태　그 배는 며칠 굶으면 쏙 빠져. 형님 그만 괴롭히고 얼른 돌아가.

병준　아저씬 끼어들지 마세요! 전 굉장히 심각하다구요!

광태　뭐가 심각한데? 너, 남자의 배가 불러온다는 게 뭘 뜻하는지 알기나 해?

병준　그딴 거 알고 싶지 않아요! 하지만 배가 부르면 마음이 편안해진다는 건 알고 있어요.

광태　뭣 때문에?

병준　(망설이다가) 매점 할머니.

종배　캬! 역시 누이는 우리들의 인기스타야! 하지만 아무나 안 받아줘. 나름 판별방법이 있거든.

광태　누이가 날 처음 대할 땐 눈물이 날 정도로 잘 대해줬어. 그런데 넌 어땠어? 야박하게 굴었지? 그래서 넌 아니라는 거야.

종배　맞아! 매정하게 대했다면 진짜 아니라는 거야. 그만 돌아가.

병준　싫어요! 할머니가 받아줄 때까지 여기 있을래요!

광태　제발 말 좀 들어! 여긴 니가 생각하는 그런 곳이 아냐!

병준　(계단 옆으로 가서 기대고 선다)

종배 완전 고집불통이구만. 저렇게 고집 세고 순진한 애들이 늙으면 말도 안 통하는 꼴통이 된다고. (휴대폰 울린다. 발신자를 확인하고 짜증내며 받는다) 왜!

핀라이트 떨어지면, 아내가 휴대폰을 들고 있다. 할멈은 매점 앞으로 나왔다가 종배의 큰소리에 유심히 지켜본다.

아내 어디야?

종배 그건 알아 뭐하게.

아내 아직도 화났어?

종배 너 같으면 화 안 나?

아내 하여간 성질은. 결정했어? 내 말대로 할 거지?

종배 미쳤냐! 참석한다니까!

아내 당신 도대체 왜 이래! 그렇게 고집피우니까 애가 꼰대라고 하지.

종배 그래! 나 꼰대다! 꼰대!!

아내 아유 왜 소릴 질러!

종배 내가 열 안 받게 생겼냐! 사람들 붙잡고 물어봐. 아버지가 딸 상견례에 참석 안 하는 게 말이 되냐고.

아내 왜 말이 안 돼? 예비사돈이 당신보고 집안에 유전병이라도 있는지 알고 파투내면 어쩔 건데.

종배 양복으로 가린다니까.

아내 그게 양복으로 가려질 배냐! 사위 될 애 의사야. 그런 애

잡기 힘들어. 여보. 제발 내 말대로 좀 하자. 응?

종배 (잠시) 지선인 뭐래?

아내 당신 나오면 상견례에 가지 않겠대.

종배 그게 정말이야? 정말 걔가 그랬어?

아내 내가 왜 거짓말을 해.

종배 (화를 꾹 참고) 나, 지선이 아빠야. 절대 빠질 수 없어!

아내 끝까지 고집 부린다 이거지. 그래! 자식 앞길 막고 싶으면 맘대로 해! (끊는다)

아내를 비추던 핀라이트 꺼진다.

종배 (멍하니 앞만 바라본다)

광태 형님. 괜찮아요?

종배 씨발… (울음을 터트린다)

할멈 (휴지를 가져와 건넨다) 다 들었다.

종배 (눈물 닦으며) 누이. 나 어떻게 해야 돼?

할멈 자식 이기는 부모 있디?

종배 그게 맞는 거지?

할멈 응. (의자에 앉는다)

광태 · 종배 (할멈 양옆에 앉는다)

할멈 (계단 옆에 있는 병준을 부른다) 너도 이리와.

병준 (눈치 보며 다가온다)

할멈 넌 이 아저씨들 보면서 어떤 생각이 들디?

병준   그냥 두 분이 행복했으면 하는 생각이요.

할멈   정말 선하고 여린 천성 하난 타고났구나. 난 말이다. 애들을 보면 예전에 키우던 누렁이가 떠오른다. (사이) 오래전에 큰 우환이 생겨 며칠간 집을 비웠지. 그런데 혼자 집을 지키던 누렁인 좀이 쑤셨는지 바깥세상을 구경하려 담벼락구멍에 대가릴 집어넣었어. 쌩쌩 달리는 자동차, 지나가는 사람들, 떠돌이 개와 고양이까지. 신이 난 누렁인 꼬릴 흔들어대며 마구 짖어댔어.

병준   (뛰어나가 엉덩일 흔들어대며) 컹컹! 날 좀 봐줘요. 컹컹!

할멈   하지만 사람들 눈에 반갑게 흔들어대는 꼬리가 보일 리 있나. 오히려 사납게 짖어대는 것으로 오해하곤 하나둘씩 그놈 대가릴 향해 냅다 돌을 집어던졌지.

병준   깨깽! (머릴 감싸 쥐고 바닥에 벌러덩 눕는다)

할멈   누렁인 대가리에서 피가 터지고 나서야 사람들이 자기 꼬릴 보질 못한다는 걸 깨달았어.

병준   (일어나며) 늦었지만 다행이네.

할멈   그렇지만 꼭 끼어버린 반지처럼 누렁이 대가린 담벼락구멍에서 빠지질 않았어. 오히려 빼내려 발버둥치면 칠수록 더 꽉 조여들었지 뭐냐.

광태   원래 그런 법이야. 빼내려고 하면 할수록 더 꽉! 꽉! 꽉!

할멈   배는 고프고 목이 타서 미칠 지경이었지만 또다시 돌세례를 받을까 두려워 사람들에겐 눈길조차 주질 않았어. 그러자 사람들도 누렁이에겐 관심을 두지 않았지. 그렇게 사흘이 지나고 나서야 집으로 돌아온 내가 그놈 대가릴 담벼락에서 빼내줬어. (사이) 그런데 어쩐 일인지 그날 이후로 누렁인 단 한 번도 짖질 않았다.

종배   학습효과.

할멈   그리고 닷새 뒤, 아침에 일어나보니 누렁이가 대야에 코 박고 죽었더라. 물 먹다 코 박고 죽었는지 아니면 죽으려고 코를 박았는지.

병준   에이 말도 안 돼! 개가 어떻게 자살을 해요!

할멈   코끼리 무덤이라고 들어봤지? 무리 속에서 더 이상 역할이 없다고 판단되면 스스로 죽음을 맞이하러 무덤을 찾아. 삶의 희망을 잃었다는 건 곧 죽음이야.

침묵.

삑! 삐이익! 호루라기 소리가 요란하게 들려온다.

종배   경찰이다! (허둥대며 숨을 곳을 찾는다)

병준   (놀란 표정으로 호루라기 소리가 나는 곳을 살핀다)

할멈   걱정하지 마! 내가 있잖아!

종배   경찰서까지 끌려가면 아내가 날 호적에서 파낼 거야.

광태   형님! 설마 구호 몇 번 했다고 잡아가겠어요? 이상한 짓을… (벌떡 일어난다) 큰일 났다!

할멈   넌 왜?

광태   공연음란죄!

광태, 종배, 병준, 할멈을 중심으로 이리저리 뛰어다니며 숨을 곳을 찾는다. 조명이 어두워지면서 호루라기 소리가 간헐적으로 들려온다.

5장

삑! 삐이익! 호루라기 소리가 요란하다. 무대에는 할멈 혼자 매점 물건을 정리하고 있다. 잠시 후 아가씨가 호루라기를 불며 역무원의 허리춤을 잡아끌고 등장한다.

역무원 놔요! 난 경찰이 아니야!

아가씨 경찰은 바빠서 못 온다잖아! (역무원을 의자 앞에 세운다)

역무원 (호루라기를 빼앗아 소매로 박박 닦으며) 그럼 안 바쁠 때까지 기다려야지. 이게 뭡니까!

아가씨 자꾸 투덜거리면 민원 넣는다고 했죠!

역무원 (억지로 미소 지으며) 제가 언제 투덜댔습니까. 보세요. 이렇게 활짝 웃고 있잖아요.

아가씨 (가리키며) 저 할머니에요.

역무원 말씀드렸죠. 저 할멈은 절대로,

아가씨 아저씨! 분명히 할머니한테 핸드폰을 뺏겼다고요!

역무원 (마지못해 할멈에게) 아가씨 말이 맞아?

할멈 처음 보는 아가씨다.

역무원 들었죠?

아가씨 와! 열 받네 진짜. (위를 살피며) 저기 cctv! 사무실로 가요.

역무원 저건 가짜예요.

아가씨 가짜라뇨?

할멈 예산부족. 딱히 날 위해 돈을 쓰고 싶지도 않고.

역무원 아가씨. 괜한 사람 도둑으로 몰지 말고 어디다 놨는지 잘
생각해 봐요.

아가씨 이 아저씨가 정말. 나올 때까지 뒤져요! (역무원을 매점 안으
로 밀어 넣으려고 한다)

역무원 (버티며) 왜 이러십니까!

할멈 (매점 입구를 가로막으며) 누구 맘대로! 수색영장 가져와!

아가씨 비켜요! 분명히 여기에 숨겨놨어. (할멈을 밀어내고 역무원을
매점 안으로 밀어 넣는다)

역무원 으악! 사람 살려! (헐레벌떡 밖으로 뛰쳐나온다) 저 안에 사, 사
람이…

할멈 무슨 뚱딴지같은 소리냐? 안에 누가 있다고 그래.

역무원 분명히 봤어! 아주 무지막지하게 커다란… (무전기 꺼내든다)
동료들을 불러야겠어.

할멈 (무전기를 뺏는다) 헛소리 작작해! 안에 뭐가 있다고 난리야.

역무원 (가판대 신문을 둘둘 말아 쥐고 매점 안에 휘두르며) 당장 나와! 경
찰특공대 부르기 전에 어서!

할멈 젠장맞을! 상황종료. 모두 투항해.

매점 안에서 종배, 광태, 병준이 나온다.

아가씨 봤죠! 이래도 내 말을 못 믿겠어요?

역무원	다들 여기에 서요. (셋, 나란히 선다) 저 안에서 뭣들 하고 있었죠?
할멈	내가 들어가서 쉬라고 했다.
아가씨	뻥치시네! 이 사람들 저기서 범죄모의를 한 게 틀림없어.
역무원	범죄모의?
아가씨	승객들만 노리는 범죄조직! (병준을 가리키며) 이 사람은 삐끼. (광태와 종배를 가리키며) 둘은 행동대원. 그리고 할머닌 조직의 보스!
할멈	(기가 차다) 정말 기가 막히게 엮었네. 아버지가 검사니?
아가씨	아까 생각해봤는데, 이 남자들 배는 가짜에요. 저건 배가 아니라 특수제작 가방이야!
종배	헤헤… 내 배가 가방이란다.
역무원	에이 설마.
아가씨	조사해 봐요. 지퍼 열면 훔친 물건들이 쏟아져 나올 테니까. 뭐해요!
역무원	(난감한 표정으로 할멈을 쳐다본다)
할멈	시키는 대로 해. 민원 들어와서 끙끙대지 말고.
역무원	(조심스럽게 광태의 배를 꾹꾹 눌러본다)
광태	아…
역무원	어허! 느끼지 말고. (다시 여기저기 눌러본다) 지퍼가 없는데?
아가씨	없긴!
역무원	(이번엔 종배의 배를 만져본다) 어? (이상함을 느끼고 손바닥을 펴서 만져본다) 어!

할멈	왜? 뭔가가 느껴져?
역무원	배가 오토바이 엔진처럼 부르르 떨어.
아가씨	거봐! 내가 휴대폰을 진동으로 해놨거든.
역무원	(귀를 갖다 댄다.) 부글부글 물 끓는 소리 같기도 하고, 타닥 타닥 장작불 때는 소리 같기도 한데?
할멈	정말 그렇게 들려?
역무원	응.
할멈	어디 좀 보자. (역무원의 배를 만져본다)
역무원	왜 이래?
할멈	가만! 숨 꾹 참아. (역무원 배에 귀를 갖다 댄다) 어머나 세상에! 너도 임신이야!
역무원	뭐! 임신?
종배	(악수 청하며) 당신의 임신을 축하합니다!
병준	와! 부럽다.
역무원	말이 되는 소릴 해! 임신은 우리 와이프가 했어!
병준	겹경사네. 정말 축하드려요.
역무원	뭘 축하해!
광태	진정해요. 나도 처음 임신했단 소릴 들었을 때 당신처럼 방방 뛰었죠. 당장 죽을 병에 걸린 사람처럼.
아가씨	어머 이 사람들 정말 미쳤나봐.
종배	이런 걸 물리학에서 연쇄반응이라 하지. 이 아가씨 아니었으면 당신은 임신한 사실도 몰랐겠지 아마.
역무원	그럼 나도 당신들처럼 배가 빵빵해진단 말이야?

할멈 그건 니 결정에 달렸어.

역무원 (미친 듯이 웃는다) 하하! 웃기고 있네! 내가 그 말을 믿을 거
     같아? 남자가 임신이라니! 노망난 할망구 같으니! (매점 뒤
     로 퇴장)

아가씨 이봐요! 그냥 가면 어떡해! 내 핸드폰!

역무원 (소리) 민원 넣든! 말든! 아가씨 맘대로 해!

할멈 (주머니에서 핸드폰 꺼내 아가씨에게 준다) 이 남자들 우스운 꼴
     만큼이나 속도 아주 엉망진창이야. 다신 이런 짓 하지 마.

아가씨 치- 별꼴이야. 오늘 일어난 일. 몽땅 인터넷에 올려버릴
     테니 기대들 하셔!

할멈 그래. 맘껏 올려. 그 전에 무고죄랑 명예훼손죄도 꼭 검색
     해봐.

아가씨 내가 못할 줄 알아! 비켜 변태들아! (광태와 종배를 밀치고 계
     단을 내려간다. 퇴장)

종배 고마워. 누이 덕분에 깔끔하게 해결됐어.

광태 역무원 괜찮을까? 무척 놀랐던데.

할멈 어떤 선택을 하느냐는 본인 의지에 달렸어. 난 그저 지켜
     볼 수밖에. 자, 밤이 늦었다. 이제 그만 다들 돌아가.

병준 할머니. 부탁드릴 게 있어요.

할멈 뭔데?

병준 (옷을 걷어 올리며) 진단 좀 해주세요.

종배 내가 아니라고 했잖아.

병준 오진! 역무원도 날씬한데 임신했잖아요.

할멈	그렇게 임신이 하고 싶어?
병준	네!
광태	바보 같은 놈. 역무원을 보고도 그런 생각이 들어?
할멈	(종배의 배를 가만히 만져본다) 가만… (귀를 대본다) 아니 이런!
종배	부글부글 타닥타닥?
할멈	(병준의 옷을 내려주며 심각하게) 어쩌다가 너도…
병준	(기대에 차서) 임신한 남자?
할멈	제발 똥 좀 싸. 뱃속에 가스가 차서 부륵부륵.
종배	헤헤… 내가 그럴 줄 알았어. 얼른 화장실가서 관장해라. 똥독엔 약도 없다!

병준은 울상이고, 일동 배꼽 잡고 웃는다. 할멈, 병준을 매점으로 데리고 가서 먹을 것을 챙겨주고, 종배는 의자에 누워 쉰다.

광태	(휴대폰이 울리자 확인한다. 망설이다가 무대 앞으로 나가서 받는다) 여보세요.
사채업자	(소리) 왜 자꾸 내 전화 피하는 거요?
광태	사장님. 이번 달은 너무 힘드네요. 다음 달에 한꺼번에 이자를 드리면 안 될까요?
사채업자	(소리) 이번 달도 못 냈는데 다음 달엔 어떻게 내려고?
광태	회사에서 곧 연락이 올 겁니다. 복직만 하면 어떻게 해서든 돈을 마련해서 이자와 원금까지 싹 갚아드릴게요.
사채업자	(소리) 그 소리 들은 지 1년이 넘었어. 이보쇼. 돈을 가져갔

으면 약속을 지켜야지. 당신한테 피 같은 돈, 나한테도 피 같은 돈이야!

광태 압니다! 꼭 갚을게요!

사채업자 (소리) 뭘 갚아! 더 이상 못 기다려. 당신 부모한테 받아내 야겠어.

광태 제발 부탁입니다! 딱 1주일만 시간 주세요. 어떻게든 복직 해서 빌린 돈 해결할게요.

사채업자 (소리) 이번이 마지막이야. 만약 약속을 안 지킬 경우엔 딸 애 학교까지 찾아갈 테니 각오해! (끊는다)

광태 (잠시 멍하니 서 있다가 뒤돌아서는데 눈앞이 캄캄해져 휘청거린다)

할멈 (뛰어가 부축한다) 갑자기 왜 이러냐?

광태 누이. (어이없어 웃으며) 이래도 현실을 받아들여야 하는 거지?

할멈 왜 그래? 누구 전화야?

광태 (실없이 웃으며) 너무 절망스러워 오히려 웃음만 나오네. (배 를 잡고 괴로워한다) 으… 너무 아파! 칼로 배를 찢어버리고 싶어!

종배 (일어나 앉으며) 광태야. 너도 임신복을 입어야 할 때가 온 거 같다.

할멈 가자. 가서 뱃속에 있는 거 죄다 쏟아버리자. (병준을 부른다) 이리 와서 얘 좀 부축해.

병준 (부축하며) 어디로 가요?

할멈 화장실. 너도 같이 가서 똥 좀 싸.

광태	아아!
종배	누이. 광태 쟤, 아무래도 오늘이 그날인 거 같아.
할멈	예끼! 말 같지도 않은 소리 작작해!
종배	아유 부러워라. 누이의 지극한 광태사랑.

할멈과 병준, 광태를 부축해서 매점 뒤로 나간다.

종배	(그들이 나간 곳을 향해 손 흔들며) 있는 놈들에게 삶은 축복이지만 쥐뿔도 없는 놈들에겐 생지옥이나 다름없지. (기지개 켜며 길게 하품한다. 휴대폰 진동. 가방에서 휴대폰을 꺼내 반갑게 받는다) 딸! 웬일로 아빠한테 전화를 다했어? 안 그래도 지금 막 집에 갈 참인데.

좌측에 핀라이트 떨어지면, 딸의 모습이 보인다. (휴대폰은 들고 있지 않아도 된다)

딸	아빠. 엄마한테 얘기 들었어.
종배	지선아. 아빤 너한테 절대 피해주지 않을 거야. 너, 아빠 맘 몰라?
딸	알아. 하지만 불안해서 그래. 아빠. 그냥 엄마 말대로 상견례에 오지 않으면 안 돼?
종배	(당황스럽다)
딸	나, 아빠가 옷 갈아입을 때 모습 보고 정말 충격 받았어.

같이 사는 나도 이런데 그런 기괴한 모습으로 나타나면 그쪽 부모님이 많이 놀라실 거야.

종배 그래도 아빠가 멀쩡히 살아있는데 상견례에 참석하지 않으면 그쪽에서 이상하게 생각하지 않을까?

딸 그건 걱정 마. 외국출장 가서 참석 못할 거라고 했어. 그리고 가능하면 결혼식에도 오지 않았으면 좋겠어.

종배 (심한 충격에 할 말을 잃는다)

딸 아빠.

종배 … 응?

딸 내가 아빠 정말 사랑하는 거 알지?

종배 (사이) 지선아. 아빠가 너 손잡고 예식장에 꼭 들어가고 싶은데 어쩌지?

딸 하객들이 다 지켜보는데 그 배로 날 데리고 들어가겠다고?

종배 아직 시간 있어. 열심히 노력해서 다시 원래대로 돌려놓을게.

딸 아니. 아빤 그럴 의지가 없어. 노력하겠다고 하면서도 배는 점점 더 커져만 갔잖아.

종배 내가 그랬어?

딸 미안해 아빠. 많이 서운하지? 그래도 내가 아빠 무지 사랑하는 거 알지?

가운데 핀라이트 떨어지면. 아내의 모습이 보인다. 아내랑 통화하면서 딸의 대사가 이명처럼 들려온다.

아내	여보, 당신 나 처음 만났을 때 기억나? 버스 기다리는 나한테 헐레벌떡 뛰어와 떨리는 목소리로 첫눈에 반했다며 전화번호 물었잖아. 아… 그땐 정말 멋졌지. 호리호리한 체격에 부리부리한 눈매가 어찌나 잘 생겼던지. 인물 좋아, 직업 든든해. 친구들이 킹카 잡았다고 난리도 아니었어. 그런데 지금은 니 남편 몹쓸 병에 걸렸냐며 쑤군거려.
종배	그래서?
딸	아빠 배는 정말 충격적이야!
아내	내가 당신이 싫어서 이러겠어? 당신이랑 살아온 세월이 얼만데.
종배	그래서?
딸	그 배로 날 데리고 예식장에 들어가겠대?
아내	우리 딸 떵떵거리게 살게는 못해줬어도 앞길은 막진 말자. 내 말 틀려?
종배	이게 삼십 년 동안 살 부비며 같이 산 부부의 의리야?
아내	어디서 의릴 찾아. 난 뭐 과부처럼 혼자 하객들한테 인사하는 게 좋아서 그러는 줄 알아! 말했잖아. 다 애를 위해서라고. 당신이 제대로 관리 못해 이 지경이 된 거잖아!
종배	니들 먹여 살리느라 관리할 시간이나 있었냐.
아내	어머! 난 놀고먹었냐! 애가 지 혼자 컸어? 그리고 다른 집 남자들은 퇴직해서 마누라 눈치만 살핀다는데 당신은 왜 그래? 꼴랑 연금 좀 나온다고 유세떠는 거야?
종배	마지막으로 한 번만 더 물어볼게.

아내   됐어. 오지 마.

딸   오지 마!

종배   (긴 한숨)

아내   얼른 들어와. 당신 좋아하는 청국장 끓여놓을게. (끊는다)

아내와 딸을 비추던 핀라이트 꺼진다.

종배   (표정이 매우 어둡다. 초점 잃은 눈동자로 허공을 바라본다)

안내방송   오후 9시 20분. 부산행 새마을호열차가 타는 곳 7번으로 들어오고 있습니다. 승객여러분들께서는 안전선에서 한 걸음 물러서 주시기 바랍니다.

열차 도착을 알리는 음악이 흐르자 종배가 자리에서 일어나 익살스런 표정과 어설픈 동작으로 춤을 춘다. 무대 뒤로 열차가 들어온다. 승객들이 몰려나와 춤추는 종배를 휴대폰으로 찍는다.
잠시 후 할멈이 매점 뒤에서 나오다가 이를 목격하고 승객들을 쫓아낸다.

할멈   썩! 다들 저리 가! 뭐 좋은 구경이라고 찍고 난리들이야!

승객들   (계단과 매점 뒤로 퇴장한다)

종배   (가쁜 숨을 몰아쉬며 의자에 쓰러지듯 앉는다)

할멈   (옆에 앉아 손잡아준다)

종배 누이. 사람들이 찍은 내가 춤추는 모습. 우리 식구들도 보겠지?

할멈 그럼.

종배 하지만 믿지 않을 거야. 근엄하고 무뚝뚝한 남자가 외로움에 미쳐서 이런 옷을 입고 돌아다닐 거라 상상이나 하겠어. (사이) 어젠 아내가 왜 맨날 술 먹냐고 하는데 고개 처박고 대꾸도 안했어. 운 거 티 날까봐.

할멈 왜 그랬어. 남자도 슬프면 우는 거지. 자꾸 속이니까 식구들은 니가 멀쩡한 줄 알지.

종배 그런가? (일어난다) 아내가 내가 좋아하는 청국장을 끓여놓겠대.

할멈 늦은 저녁 맛있게 먹고 좋은 꿈꿔.

종배 고마워 누이. (계단 앞으로 가서 뒤돌아선다) 그거 알아? 우리 딸 어렸을 때, 아빠랑 결혼하겠다며 울고불고 난리도 아니었어. 그리고 좀 커서는 꼭 아빠 같은 남자랑 결혼하고 싶다고 했어. 그런데 그 어리던 게 벌써 시집가겠대. 내 품에 안겨 조잘대다 잠들었던 게 엊그제 같은데 말이야. 나 정말 우리 딸 손잡고 예식장에 들어가고 싶었어. (계단을 내려가다가) 참! 누이가 줬던 음료수. 정말 맛있었어.

할멈 내일 또 먹자.

종배 몸이 안 좋아. 푹 쉬어야겠어. (씁쓸한 미소) 아! 부랄광태. 아니 광태한테 형이 먼저 가서 미안하다고 전해줘. (계단을 내려간다)

59

할멈   (다급히) 종배야!

종배   (멈춰 선다)

할멈   그동안 누굴 위해 견뎠니?

종배   우리 가족. (손 흔든다)

할멈   사느라 정말 고생 많았다.

종배   고마워 누이. 우리 아내랑 딸아이, 내가 없어도 괜찮겠지?
          (익살스런 표정 지으며 내려간다)

멀어져가는 종배의 그림자가 한동안 보여지다가 사라진다.

할멈, 무릎 꿇고 의자에 엎드려 간절히 기도한다.

할멈   평생 가족을 위해 고생만 하다 떠나는 저 영혼. 부디 그곳
          에서는 고통과 외로움 다 잊고 하느님 품속에서 영원한
          평안을 누리게 하여 주소서.

사이.

무대 어느 곳에 불이 들어오면, 종배가 가방에서 목도리를 꺼내

목에 걸고 위쪽으로 손을 내뻗는다. 조명 서서히 어두워지면서 목

을 맨 종배의 실루엣이 보여진다.

빗소리 들려오면서 똑똑… 매점 앞 깡통에 빗물이 떨어진다. 암전.

6장

화장실. 광태, 문을 열어놓은 채 변기에 앉아 커다란 배를 움켜쥐
고 괴로워하고 있다. 옆에서 걱정스럽게 지켜보던 병준이 문을 닫
으려한다.

광태   답답해. 그냥 열어놔.

병준   아무래도 구급차를 불러야겠어요.

광태   싫어. 병원엔 안 가.

병준   아니 병원 가서 관장하면 쉽게 해결될 일을 왜 사서 고생
하세요.

광태   자네가 뭘 안다고 그래?

병준   검색해봤어요. 복부팽만, 더부룩함, 갑작스런 복통! 이게
다 심한 변비증상이라구요. 이만한 주사기로 관장하면 화
산 터지듯이 뻥!

광태   제발 웃기지마. 나 배 아파. 그러지 말고 아픈 생각 안 들
게 아무 얘기나 좀 해줘.

병준   아픔이 가신다면 얼마든지. 음… 첫 키스 얘기해 드릴까요?

광태   재밌어?

병준   일단 들어보세요. 대학교 신입생 축제날이었어요. 전 술을
못해서 말짱했는데 엄청 취한 선배가 갑자기 제 얼굴을

꽉 잡더니, 파리 잡아먹는 개구리처럼 순식간에 자기 혀를 제 입속에 집어넣었어요.

광태   야! 기분 좋았겠다.

병준   순간 온몸의 힘이 쭉 빠져서 아무 대항도 못하겠더라고요.

광태   대항을 왜 해? 확 끌어안아 버려야지.

병준   그 선배. 남자예요.

광태   저런!

병준   그 개새끼! 만나면 가만 안 둬! 그거 때문에 저주받았는지 아직까지 여잘 사귀어보지도 못했어요.

광태   연애고자네.

병준   네. 만날 능력도 없지만, 이젠 딱히 만나고 싶은 생각도 안 들어요. 그냥 이렇게 혼자 지내는 게 편해요. 돈도 안 들고 감정소비 할 필요도 없어요.

광태   그래도 한창나인데 여자친구 없으면 너무 외롭잖아.

병준   외롭긴요. 하루 종일 노래방에서 놀면 얼마나 신나는데요.

광태   노래 부르는 걸 좋아하나 보네.

병준   사실은, 꿈이 가수였어요.

광태   그래? 그럼 어디 한 번 불러봐.

병준   여기서요?

광태   뭐 어때. 아무도 없는데.

병준   그럴까요?

병준, 휴대폰으로 경쾌한 트로트반주를 틀고 노래와 함께 춤춘다.

수준급 실력에 광태가 박자에 맞춰 박수를 쳐준다.

1절이 끝나갈 즈음 역무원이 호루라기를 불며 뛰어온다.

병준　(문을 활짝 열고 뒤에 숨는다)

역무원　이봐요! 여기가 노래방입니까! 아유 냄새! (멀찌감치 떨어져서) 노래하고 싶으면 노래방을 가던가. 고성방가 신고로 업무가 마비될 지경이라구요! 당장 일어나요!

광태　조금만 더 있다 갈게요.

역무원　시끄러워요! 가뜩이나 아까 그 아가씨가 철도청사이트에 민원폭탄 때려서 역장한테 개박살났구만. 자꾸 신고 들어오게 하지 말고 어서 일어나요!

광태　배가 아파서 그래요.

역무원　배가 아프단 양반이 노랠 그렇게 불러? 안 돼! 당장 가요! 당장!

광태　이대로 가다가 승강장에서 실수라도 하면?

역무원　실수라뇨?

광태　개똥은 줍기라도 하지. 사람 똥은 치우기도 힘든데 어쩌나. 미리 사과할게요. (일어나려 한다)

역무원　가만! 움직이지 마! 움직이면 싼다! 그대로 하던 거 마저 끝내고 가요. 대신 또 신고 들어오면, 그땐 강제로 기저귀 채워 끌어냅니다! 어휴 냄새. (문 닫으려는데 병준이 꽉 잡고 버틴다) 어? 이게 왜 안 닫혀?

광태　이제 아셨죠? 내가 왜 문 열고 볼일 보는지.

역무원	젠장! 이놈의 기차역엔 제대로 된 게 하나도 없어! (밖으로 나가려다가) 그런데 그 뱃속엔 뭐가 들었어요?
광태	당신이랑 같은 거.
역무원	그건 할멈이 괜히 놀리려고 하는 소리지. 그걸 믿어요?
광태	그게 진실이니까.
역무원	그럼 정말 내 배도 당신처럼…
광태	(끄덕인다)
역무원	흐윽! (문을 잡고 간신히 버틴다)

역장이 무전기로 역무원을 부른다.

역장	(소리) 조 과장! 조 과장!
역무원	(힘없이 받는다) 네 역장님.
역장	(소리) 지금 어디야?
역무원	(간신히 제자리에서 뛰며) 3구역 계단 올라가고 있습니다.
역장	(소리) 왜 매번 3구역이야. 당장 4번 승강장으로 뛰어! 취객이 누워서 오줌 싸고 있어.
역무원	3번 승강장이요?
역장	4번! 4번 승강장! 이 멍청아!
역무원	알겠습니다. (끊는다) 개새끼. (비틀거리며 나간다)
병준	(문 뒤에서 나온다) 휴… 하마터면 걸릴 뻔했네. 아저씨 이제 일어나세요.
광태	난 좀 더 있다 갈게. 부탁 하나만 들어줘. 아까 있던 자리

에 내 가방이 있을 거야. 그거 이리 좀 가져다줘.

병준 네. 근데 혼자 계셔도 괜찮아요?

광태 자네 덕분에 많이 좋아졌어.

병준 다행이네요. 제가 금방 다녀올게요. (나간다)

광태 (생각에 잠긴다. 사이. 휴대폰이 울리자 발신자 확인하고 받는다) 부장님이 이 밤에 웬일로?… 술 한 잔 하셨네요. … (놀란다) 말도 안 돼! 부장님! 책임지고 복직시켜주신다면서요! … 지금껏 그거 하나 바라보고 견뎠어요! 땡볕에 말라가는 지렁이한테 소금을 뿌려도 정도껏 뿌려야지! 저를 얼마나 더 비참하게 만들어야 속이 후련하답니까! 저, 그 결정 절대 용납 못합니다! (잠시) 부장님, 제발 저 좀 살려주세요. 더 이상 버틸 힘이 없어요. (전화 끊어진다) 부장님… 부장님… (절규한다) 야 이 개새끼들아!!

빗소리와 함께 암전.

7장

할멈, 매점 물건을 정리하고 있다. 병준, 오른쪽 다릴 절며 뛰어와
의자 주변을 살핀다. 광태의 가방이 없다.

병준　(쭈뼛거리며 할멈에게 다가간다) 저기…

할멈　(홱 돌아선다)

병준　(놀라 뒤로 물러난다)

할멈　(매점에서 가방을 꺼내 내민다)

병준　(가방을 받으려는데 할멈이 놓질 않는다. 할멈이 손아귀에 힘을 빼자
　　　　뒤로 나자빠진다)

할멈　에휴… 한창 힘쓸 나이에 그렇게 비실비실해서 어따 써.

병준　(일어난다) 그러게요. 헤헤… (인사하고 가려는데)

할멈　잠깐! 자꾸 왔다리 갔다리 한다.

병준　뭐가요?

할멈　니 다리. 분명히 처음 왔을 땐 오른쪽 다릴 절었지. 근데
　　　　병원 갔다 오니까 왼쪽이었다가 지금은 다시 오른쪽이네.

병준　(아차 싶어) 자, 잘못 보셨겠죠. (왼쪽 다릴 절며 보란 듯이 걷는다)
　　　　이래도요?

할멈　예끼 이놈! 속일 사람을 속여! 너, 나이롱이지?

병준　(당황해서) 생사람 잡지 마세요!

할멈	내가 너 같은 애들 많이 봤어. 보험금 더 타내려고 멀쩡한 다릴 부러뜨리질 않나. 한쪽 눈을 찔러 실명하질 않나.
병준	아니라니까요!
할멈	어쩌다 사고 난 김에 이거다 싶어 나이롱환자가 됐냐?
병준	아니라구!
할멈	오라! 자해공갈단!
병준	(가방을 집어던진다) 그만!
할멈	이 자식은 걸핏하면 집어던져! 누군 성질 없어! (다가가) 누구냐? 장애등급이 높으면 보상금 더 많이 나온다고 한 놈!
병준	(고개 돌린다)
할멈	보험회사직원이 몰래 따라다닐지 모르니까 하루 종일 절뚝거리라고 한 놈이 누구야!
병준	…
할멈	말해 이놈아! 널 천하의 바보천치등신으로 만든 그놈이 누구야!
병준	(바르르 떤다)
할멈	보험회사에 신고하기 전에 얼른!
병준	(무서워서 얼떨결에) 아버지요.
할멈	어머나 세상에… 어떻게 자식새끼한테 그런 짓을….
병준	(체념하고 털어놓는다) 작년엔 장애등급 더 올리려고 정신병원에 입원했었어요.
할멈	그렇게까지 해서 받은 돈으로 뭐하려고.
병준	부모님 장사밑천, 형 자동차할부금, 여동생 카드 값.

할멈   개고생해서 남들한테 퍼주겠다?

병준   남이 아니잖아요.

할멈   돈 앞에 부모형제가 어딨어! 아무리 가족이래도 쥐뿔도 없는 사람에게, 없는 사람은 적이지 동지가 아냐! 그러니 널 정신병원에까지 잡아 처넣었겠지.

병준   가족을 위해 제가 해줄 수 있는 건 그것뿐이에요.

할멈   답답한 놈! 요즘 세상에 너처럼 행동하면,

병준   알아요. 사회부적격자. 하도 들어서 이젠 익숙해요.

할멈   순진한 건지 모자란 건지. 난 너 같은 앨 보면 너무 화가 나서 미치겠어! 신이 있다면 제발 이런 인간은 건들지 말아달라며 한바탕 붙고 싶어. 건드리고! 흔들고! 떨어뜨리고!

병준   괜찮아요. 어차피 제 미래는 존재하지도 않으니까.

할멈   닥쳐! 넌 말대꾸할 자격도 없어! 새파랗게 젊은 놈이 삶의 의욕이라곤 요만큼도 없어! 에이 한심한 놈!

병준   (억울한 마음에 반박한다) 저만 그래요? 그건 배나온 아저씨들도 마찬가지잖아요!

할멈   어디서 감히! 걔들하고 널 비교해. 걔들은 아주 치열하게 살다가 한순간 그리됐어. 그런데 넌 어떠냐? 아무 시도조차 하질 않았잖아.

병준   (여전히 절뚝이며) 날 위하는 척하면서, 참 잔인하시네! (감정이 점점 격해진다) 세상이 언제 한 번이라도 나에게 기횔 줬나요? 씨발! 눈만 뜨면 남들보다 더 가져라! 더 나가라! 더 즐겨라! 무조건 남보다 더! 더! 더! (눈물을 닦는다) 알아

요. 저도 제가 멍청하고 한심하다는 거. 이제 겨우 스물여 덟에 장애인 행세나 하고. 아침부터 복권방을 기웃거리고. 하지만 이거 아세요? 제겐 1% 희망보단 0.0001% 확률이 더 절박해요! 평범하게 사는 건 사치라구요!

할멈 (등을 어루만져준다) 고만고만한 사람들끼리 경쟁하며 아등 바등 살려니 얼마나 힘들겠어. 꿈과 현실은 반대. 그러니 최대 다수의 최대 행복이란 말은 갑갑한 현실에서 크게 한 번 웃자는 개소리일 뿐이지. (잠시) 하지만 아무리 현실 이 그래도 사람들과 만나야해. 그래야…

병준 사람들에게 다가갈수록 가시가 박혀요. 박힌 가시를 빼내 려 하면 너무 아파서 고통스러워요. 얼마나 세게 박혔는 지 꿈쩍도 안 해요. 이젠 너무 아플까봐 건드리지도 못하 겠어요.

할멈 억지로 빼내지 마. 박힌 쇳조각마저 삼켜버린 나무처럼 더 단단해지게 아예 품어 안고 살아!

병준 그럴 수 없다면?

할멈 그 남자들처럼, 죽음을 기다리며 살 수밖에.

병준 죽다뇨? 할머닌 그 아저씨들을 편안하게 해주잖아요. 그 래서 저도 이곳에 왔고.

할멈 (병준을 잡아끌고 무대 뒤편 승강장으로 간다) 봐라! 저곳은 커다 란 배를 내밀고 열차에 뛰어들어, 악 소리 한 번 못 내지르 고 죽어간 남자들이 서럽게 나뒹구는 곳이다!

병준 (두려움에 떨며) 그럼 저도 그렇게 되는 건가요?

할멈 손가락 굽혀 봐.

병준 (검지 굽힌다)

할멈 누굴 가리켜?

병준 저요.

할멈 그래 너만 가리키지. (손가락 펴주며) 어딜 가리켜?

병준 사람들이요.

할멈 그래. 손가락을 구부리면 나를 가리켜. 하지만 펴! 그래야 세상 속으로 들어갈 수 있어! 살아갈 이유를 찾아. 그럼 살아갈 힘이 저절로 생겨.

병준 어떻게요?

할멈 밥까지 떠먹여주랴? 그건 니가 찾아! (매점으로 간다)

병준, 절뚝이며 무대 앞으로 가다가 의자에 가로막힌다. 뻗정다리라 의자를 넘어가지 못한다. 잠시 망설이다가 다릴 구부려 의자를 넘어간다. 사이. 멀쩡하게 걸어 할멈에게 다가간다.

병준 더 이상 할머니가 키우던 누렁이처럼 살지 않을래요. 내일 보험회사에 가서 솔직하게 털어놓겠어요. 보상금 다 토해내고 벌 받으라면 달게 받을게요. 그리고 당분간 가족들과 연락 끊겠어요.

할멈 그리고 다신 이곳엔 얼씬도 하지 마.

병준 (인사하고 계단을 내려가 퇴장한다)

할멈 아이구 이놈들 뒤치다꺼리에 내가 먼저 죽겠다. (매점으로

70

돌아가 물건을 정리한다)

번개가 번쩍하고 천둥소리가 요란스럽게 들려온다.

할멈 아유 웬일이래. 하루 종일 내린 비로도 부족한가 보네? 하느님 오늘 참 오지게 너무 하신다 진짜.

안내방송이 들려온다.

안내방송 잠시 후 10시 35분 대구행 KTX가 타는 곳 4번으로 들어올 예정입니다. 역내에 계신 승객께서는 속히 승강장으로 이동해주시기 바랍니다.

할멈 광태 녀석은 아직도 화장실에 있나? 왜 이렇게 안 와? 내가 따라갈걸 그랬어.

이번엔 더 세게 번개가 치고 천둥소리가 크게 들려온다. 이어 순식간에 정전이 된다.

할멈 어머나! 전기가 나갔네. 참나, 내가 여길 이십 년을 다녔어도 전기가 나간 건 처음이야. (앞을 더듬으며) 이거 원, 심봉사가 따로 없네. 청아~ 내 딸 청아~

불이 들어온다. 할멈 앞에 광태가 서 있다.

할멈   아이고 아부지!! (놀라 뒤로 넘어지며 엉덩방아 찧는다)

광태   뭘 그렇게 놀래?

할멈   아니 그럼 갑자기 눈앞에 이만한 배가 보이는데 안 놀라
       게 생겼냐?

광태   (배를 움켜쥐고 의자로 가 앉는다)

할멈   (일어나 다가가며) 여태 화장실에 있었어?

광태   응.

할멈   그럼 이번엔 거품까지 쏟아냈어?

광태   아니. 다리가 저려서 더는 못 앉아있겠더라고.

할멈   그래도 애썼다.

광태   젊은 친구는?

할멈   갔어.

광태   어쩐지.

할멈   (매점에서 가방을 가지고 온다)

광태   종배 형님도?

할멈   (애써 돌려 말한다) 피곤했는지 간단 말도 없이 사라졌어.

광태   아쉽네. 얼굴 한 번 더 보고 싶었는데.

할멈   (느낌이 이상해서) 녀석. 뜬금없이 별소릴.

광태   나, 변기에 앉아 이런저런 생각 많이 했어. (가방에서 이혼서
       류를 꺼내 도장을 찍는다)

할멈   (뺏는다) 기껏 생각했다는 게 이거냐! 너 이럼 딸아이 못 봐!

광태	알아.
할멈	그걸 아는 놈이 이혼서류에 도장을 찍어?
광태	아까 부장한테서 전화가 왔어. 회식자리에서 사장한테 내 복직 얘길 꺼냈대.
할멈	어떻게 됐냐? 복직? 아니면 더 기다리래?
광태	(담담하게) 내부고발자는 절대 복직불가.
할멈	이런 벼락 맞아 뒈질 놈! 회사 잘되라고 고발했지 망하라고 했냐! 정직한 사람 칭찬해주진 못할망정 사지로 걸어차! 광태야 내일 나랑 회사로 쳐들어가자! 가서 사장놈 멱살 잡고 따지자!
광태	그런다고 달라져? 법적으로 이미 끝난 상황이야.
할멈	사내자식이 밸도 없네! 이대로 끝내기엔 너무 억울하잖아!
광태	그러기엔 내가 너무 지쳤어. 누이… (사이) 나… 사는 게 너무 무서워.
할멈	(속상한 마음에 버럭 화를 낸다) 죽을 만큼 살지 못하고 혼자 핑계거리만 만들다보니 사는 게 무섭지! 사람들은 어떻게든 사는 날까진 살아! 너처럼 피하려고 들지 않아! (이혼서류를 찢으려는데)
광태	피한 적 없어! (이혼서류를 빼앗아 가방에 집어넣는다)
할멈	그럼 지금은?
광태	그냥 쉬고 싶을 뿐이야.
할멈	그건 세상에나 있는 말이지 니가 가려는 세상엔 없는 말이다. 지금 니 모습을 부정하지 말고 있는 그대로 바라봐!

제발 아무것도 미리 추측하지 말고, 아무것도 미리 겁먹고 손 놓으려 하지 마!

광태 (자조적으로) 나 같은 놈이 어떻게 살아갈지 뻔히 알면서 겁먹지 말고 살라니. (사이) 사람이 없는 세상. 사람 없는 자리에 화려함만 넘쳐흐르는 세상. (옅은 미소) 그런 세상에서 누이는 우리 얘기에 귀 기울였어. 누군가 내 얘길 들어주고 있다는 즐거움. 그런 누이 덕분에 여태껏 버텨왔었지.

열차 도착을 알리는 안내방송.

안내방송 10시 35분 대구행 KTX가 4번 승강장으로 들어오고 있습니다. 승객 여러분들께서는 안전선에서 한걸음 물러서 주시기 바랍니다.

무대 앞 중앙에서부터 후미까지 철로가 쭉 생겨난다.

광태 (가방을 의자 밑에 놓고 일어난다) 그동안 정말 고마웠어.
할멈 광태야!

광태, 천천히 무대 앞으로 가서 철로 옆에 선다. 빠아앙! 달려오는 열차의 강렬한 헤드라이트 불빛이 얼굴을 때린다.

광태 (구두를 벗어 가지런히 놓는다)

할멈 바로 그 자리였어! 2년 전에 넌 금방이라도 열차에 뛰어 들겠다는 듯 잔뜩 쪼그려 앉아있었지.

광태 그때 누이가 소리치지 않았다면 아마 그랬을 거야.

할멈 뭐라 그랬는지 기억나?

광태 다리 저려! 그만 일어나! 그러면서 이런 말도 했어. "지금 은 아니다."

할멈 지금도 아니다.

광태 (뒤돌아본다)

할멈 (간절하게) 내가 더 잘해줄게. 더 있다 가. 어서 이리로 돌아 와 이 녀석아!

광태 사람들은 개에게 공을 던져주며 즐거워 해. 개는 하기 싫 어도 간식을 얻어먹기 위해 물속에라도 뛰어들지. 개가 나이 들거나 병이 들어 그 짓마저 못하면 가차 없이 거리 로 내쫓아. 쫓겨난 개는 황량한 거릴 헤매다 도로 한복판 에서 무지막지한 차바퀴에 이리저리 치이다가 아스팔트 위에 껌처럼 달라붙지. 마치 거인이 씹다버린 껌처럼. 그 리고 아무도 껌이 되어버린 개에겐 관심이 없어. 오직 공 을 물어오는 개에게만 관심 있을 뿐. (사이) 사랑만으로도 가족은 지켜질 거라 믿었어. 그런데 돈 앞에서 허무하게 가정이 무너져버렸어. 무능한 아버지, 무능한 남편, 무능 한 남자. (한발 앞으로 간다. 열차의 헤드라이트 불빛이 몸을 때린다) 저 불빛은 오직 나만을 위해 비춰줄 거야. 처음으로 내 인 생의 주인공이 되는 순간이지. 저 불빛이 내 몸을 덮치면

내 인생의 공연은 끝이야.

달려오는 열차소리가 고조되면서 찢어질 듯한 기적소리가 들려오
다가 순간 모든 소리가 꺼지면서 휴대폰 진동음이 울린다. 다시
열차소리와 휴대폰진동음이 교차되길 반복한다. 그러다 모든 소리
가 뚝 끊기면서 정적이 흐른다.

광태 (주머니에서 휴대폰을 꺼내 망설이다가 받는다)

광태 딸 (소리) 아빠!

광태 … 민지야.

광태 딸 (소리) 자다 깼는데 아빠가 안 보여서 전화했어. 근데 아빠
어디야? 왜 안 와?

광태 아빠 지금…

광태 딸 (소리) 아빠! 이번 달 용돈 있잖아.

광태 아빠가 미안해. 많이 못줘서.

광태 딸 (소리) 아냐. 생각해보니까 용돈 필요 없어. 어차피 친구들
안 만나서 돈 쓸 일 없어.

광태 아냐. 그러지 않아도 돼.

광태 딸 (소리) 아빠 보고 싶다. 얼른 와.

광태 민지야. 아빠 오늘…

광태 딸 아빠 사랑해. (끊는다)

광태 (휴대폰을 들고 있는 손이 힘없이 떨어진다. 고개 돌려 달려오는 열차
를 바라본다)

열차의 헤드라이트 불빛이 광태의 온몸을 휘감아 돌고 기적소리
가 고조되면서 암전.

8장

불이 들어오면, 할멈은 의자에 앉아 신문을 읽고 있다.

할멈   (돋보기안경을 쓰고 신문을 읽는다) 세상살이에 밀려, 경쟁에 밀려, 밑도 끝도 없는 슬픔에 빠져 인생이 비참하다는 남자들. 고개를 늘어뜨린 채 땅바닥만 바라보는 모습은 왠지 삶과 죽음 중 하날 선택하기 위해 고민하고 있는 것 같다. 핏기 없는 얼굴에 감도는 두려움. 그건 아마도 뱃속에서 부글거리며 끓고 있는 죽음을 때때로 느꼈기 때문이 아니었을까. 보잘것없는 껍데기. 돈 버는 기계. 꿈도, 감정도 없는 빌어먹을 거리에서 언제나 피곤한 몸뚱일 아내와 자식을 위해 팔고 다닌다. 영혼은 별책부록으로 끼워서. 오늘도 남자들은 그냥 그렇게 살아간다. (신문을 접는다) 생각해보면, 스스로 삶을 버리는 사람들은 진짜 죽고 싶었던 게 아니라 간절히 살고 싶었던 사람들이 아닐까 몰라. (매점에서 국화꽃을 꺼내들고 뒤편 승강장으로 가서 바닥에 내려놓고 기도한다)

역무원   (계단 뒤에 숨어서) 할멈!

할멈   어? (돌아보며) 누가 날 불렀나?

역무원   (소리) 할멈! 나 왔어!

할멈   누구냐?

역무원 (소리) 섭섭하게 벌써 내 목소릴 잊었어?

할멈 글쎄 누군데? 숨어서 앙앙거리지 말고 이리 나와.

역무원 짠! (화려한 임신복에 역무원 모자를 쓰고 계단 뒤에서 뛰어나온다. 만삭이다)

할멈 어머나 세상에!

역무원 헤헤… 많이 놀랐나보네. (부른 배를 뽐내듯 몸을 흔든다)

할멈 장기휴가 다녀오겠다더니 어쩌다 이 꼴로?

역무원 이 꼴이라니! (자랑스럽게 배 내밀며) 배가 커지니까 날 괴롭히던 온갖 근심걱정이 싹 사라졌어!

할멈 스스로 최면상태에 빠진 건 아니고?

역무원 헹! 그러거나 말거나. (계단 뒤에서 커다란 박스를 들고 온다) 아유 무거워!

할멈 뭐냐 그건?

역무원 (박스를 의자에 내려놓는다) 할멈 택배가 사무실로 배송됐어.

할멈 나한테? 누가?

역무원 (발송인을 읽는다) 광태라는 사람이 보냈는데?

할멈 뭐야? 우리 광태가? (테이프를 뜯어 열어본다) 어머나 이게 다 뭐냐! (상자를 힘겹게 들어 쏟자 빵이 바닥에 수북하게 쌓인다)

역무원 어머나 세상에!

할멈 녀석. 드디어 살아갈 이유를 찾았구나. (울컥한다)

열차 들어오는 신호음.

역무원   (춤추듯 뒤편 승강장으로 가서 철로를 바라본다) 나 궁금한 게 있어.

할멈   뭔데?

역무원   할멈은 왜 여기서 장사를 하게 된 거야?

할멈   너희들 때문이라고 했잖아.

역무원   그거 말고 진짜 이유!

할멈   그건 알아 뭐하게.

역무원   제발! 너무너무 궁금해 미치겠어.

할멈   (망설이다가) 그러니까 이십 년 전에 이곳에서 젊은 남자가 열차에 뛰어들었어. 잘생기고, 성격 좋고, 능력 있고. 어디 하나 나무랄 데 없었는데 말이야.

역무원   아는 남자야?

할멈   (씁쓸한 미소)

역무원   그 남자랑, 할멈이 여기서 장사하는 거랑 뭔 상관인데?

할멈   더 이상 묻지 마라. 오늘이 그 애가 날 떠난 지 딱 20년이 되는 날이다.

역무원   아! 그래서 저기에 꽃을 놓아두었구나. 헤헤… 저승사자, 아니 천사할멈. 저도 잘 부탁드립니다. (배를 어루만지며) 참! 그 남자들은?

할멈   누구?

역무원   누구긴! 임신한 남자들!

할멈   다들 편안해졌어. 너도 그러려고 왔잖아.

역무원   아니! 난 앨 낳으려고 왔어! (배 두드리며 씨익 웃는다)

역장이 무전기로 역무원을 부른다.

역장   (소리) 조 과장! 조 과장!

역무원   (조용히 받는다) 응.

역장   (소리) 응? 너 지금 어디야?

역무원   (의자에 앉아) 매점 앞에 앉아서 쉬고 있는데. 왜?

역장 .   (소리) 왜라니! 근무시간에 쉬어? 비상! 당장 1번 승강장으
              로 튀어!

역무원   싫어.

역장   (소리) 이 멍청아! 당장 튀어!

역무원   (더 큰소리로) 그렇게 급하면 니가 뛰어가 인마!! (무전기 끊는다)

할멈   (엄지손가락을 치켜세운다)

역무원   (뽐내듯 무대 앞으로 가서 객석을 훑어보며) 우와! 이럴 수가! 저
              기 아저씨, 그 옆의 학생. 또 저쪽 할아버지랑 청년. 모두
              나처럼 배가 툭 튀어나왔어.

할멈   어디 보자. (둘러보며) 아이구 저런! 이리 치이고 저리 치이고.
              사는 게 뭔지. 안 되겠다. 먹고 힘내라고 빵을 나눠주자!

두 사람, 관객들에게 빵을 던져준다.
잠시 후 열차의 경적소리가 들려온다.

역무원   (승강장으로 달려가 큰소리로) 모두들 안전선 밖으로 물러나
              세요! 열차가 곧 들어옵니다! (국화를 입에 물고 춤을 추기 시

작한다)

달려오는 열차의 바퀴소리가 리드미컬하게 들려온다. 이어 무대
앞에서 뒤까지 철로가 쭉 생겨난다. 역무원, 그 위로 올라가 리듬
에 맞춰 열정적으로 춤을 춘다.
잠시 후 열차가 들어와 승객들을 쏟아낸다. 할멈은 매점에서 손님
에게 물건을 팔고, 승객들은 춤추는 역무원을 지나 각자의 방향으
로 나간다. 음악이 서서히 잦아들면서 조명이 꺼진다.

– 막 –

한국 희곡 명작선 117

임신한 남자들

초판 1쇄 인쇄일   2022년 11월 1일
초판 1쇄 발행일   2022년 11월 7일

지 은 이   유현규
만 든 이   이정옥
만 든 곳   평민사
　　　　　서울시 은평구 수색로 340 〈202호〉
　　　　　전화 : 02) 375-8571 / 팩스 : 02) 375-8573
　　　　　http://blog.naver.com/pyung1976
　　　　　이메일 pyung1976@naver.com
등록번호   25100-2015-000102호
ISBN　　　978-89-7115-058-0   04800
　　　　　978-89-7115-663-6 (set)

정　　가   8,000원

이 책은 사단법인 한국극작가협회가 한국문화예술위원회의 2022년 제5회 극작엑스포
지원금을 받아 출간하였습니다.